Slaughterhouse-Five

第五號屠宰場

馮內果——著　陳柑樵——譯

Kurt Vonnegut

目次

導讀

不要拯救世界，因為「就是這樣」，還能怎樣？

宋國誠（國立政治大學中國社會經濟研究所所長，《經典50》作者）

對這個冷酷寡恩的世界束手無策，對人類愚蠢荒誕的自相殘殺無能為力，對這個惡臭四溢的人間無可奈何，是馮內果一貫的小說態度和創作角度。《第五號屠宰場》做為一部反戰小說，已被視為二十世紀「後現代／黑色幽默」的極致之作，馮內果運用時空虛擬和意識漫流的創新手法，透過一個劫後餘生者的時空漫遊為主軸，以一種對死亡輕率莞爾的態度表達對生命最卑憐的疼惜，以一種對和平與友愛的浪漫憧憬來顯示其稀有珍貴，為當代「後現代小說」創設了幾近完備——百科全書式——的藝術表現形式。在二十世紀美國新派小說家之中，馮內果是少數受到學院批評家一再青睞的作家，至今依然是高等文學研究中熱門研究的對象。

德勒斯登大屠殺

小說沒有一貫的情節，也沒有嚴謹的敘事，一如命運沒有邏輯和軌跡，一如生死之間無法預知或懊悔。但小說並非沒有故事，而是採取一種「包裹敘事」的方式，將不同時空的故事摺捲包覆在一個痛苦的生命經歷中。而隱藏在層層包裹的故事組合中的，是二戰期間一場慘無人道的戰爭屠殺事件。「第五號屠宰場」原本是德國德勒斯登城裡編號第五號的屠宰場，二戰期間被德軍用來充當戰俘營，按傳統的時間秩序，故事就是從這間屠宰場開始的。一九四五年二月十三日凌晨，英美盟軍出動了超過兩千架的轟炸機，向德國德勒斯登進行所謂「面積轟炸」。這座歐洲文化古城一夜之間被英美空軍投下的三千七百四十九噸炸彈和燃燒彈夷為平地。在經歷一氣不喘的連續轟炸之後，整個市區變成一片廢墟，大火連續燒了幾個晝夜，炸死的居民達十三萬五千人，三萬五千四百七十座建築物遭到破壞，城內百年以上的藝術宮殿：茨溫格爾宮、聖母教堂、森柏歌劇院、日本宮等古代建築，連同這座名城遭到了徹底毀滅。馮內果親歷了這場血肉橫飛的大屠殺，當時他是城裡的一名戰俘，頭頂上飛嘯著來自「同一國」的機械殺手，它們滿布天空、瘋狂炸射，連悲憫的陽光都照射不到地面；大火燒了七天七夜之後，整個城市成了巨大的屠宰場（slaughterhouse）。當時馮內果和其他劫後餘生的戰俘一起負責掩埋屍體，儘管他倖免於難，但目睹這場愚蠢至極的瘋狂屠殺，經歷這段生死一瞬、人命如狗的悲劇，是他一生無法救贖、不堪回首的創痛。

馮內果對戰爭場面沒有太多著墨，儘管歷史學家對這場悲劇的記載多如牛毛。至今歷史學家也許還在調查和追問，但馮內果早已有了答案：如果要問為什麼會發生戰爭？答案也許是：人類活得太樂觀、太舒適了。

悲憫式的黑色幽默

小說的主人公名叫比利．皮格利姆，一個長相古怪、動作滑稽、性格軟弱的人。小說從第二章開始：比利掙脫了時間的羈絆，他患了「時空痙攣症」，無法控制自己下一步往哪兒去等等。隨後以時空交錯、散亂拼貼的手法，敘述他一生的經歷：比利出生於紐約州的依里亞姆市，曾在驗光師專業學校學習，後被徵召入伍，派往歐洲服役，且被德軍俘虜；比利經歷了德勒斯登大轟炸，但倖免於難；戰後他回到美國，重回依里亞姆驗光師專業學校學習，直到當上驗光師；結婚生子後發現患有時空痙攣症；比利被強制選上前往「特拉法瑪鐸星」進行朝聖之旅，目的是為了求取和平的祕訣，以帶回地球改善人類；回到地球之後，比利在廣播電臺講述被特拉法瑪鐸星綁架的經過，最後在芝加哥遭殺手殺死而結束一生……

在這一段無厘頭的經歷中，馮內果以「意識流時間」的跳躍方式，發揮了他精巧的時空穿梭和拼貼敘事手法，展現對小說人物精神面貌和心理感受的戲謔性描寫。比利長得像一瓶倒立的可口可樂，肩膀和胸膛像一個四方型的火柴盒。馮內果讓比利在時空中自由穿梭、來回變換，讓他多次看見自己的誕生和去世，隨心所欲地穿越生死兩界，乃至讓他觀看自己生前與死後的景象。他眼睛一眨，就回到了二戰戰場，在黑暗的鄉間小路中縮頭逃命，忽而又回到兒時成長的依里亞姆市，回到兒時與父母一同嬉戲的鄉野農莊，一會兒又去到了特拉法瑪鐸星，向他們探討地球和平的方法；他那「倒瓶子型」的身軀就是在飛碟離開地球時受到加速度擠壓而變形的；在旅行的沉睡中，他又回到硝煙密布、哀鴻遍野的戰場，轉瞬之間又到了特拉法瑪鐸星上的動物園，醒來時又發現自己站在穿越德國邊境的車廂裡……

然而，馮內果筆下的人物盡是「反英雄」的卑微人物，一群被巨大的厄運玩弄得無精打采、了無生趣的人類。他們既無力抵抗，也不想改變命運，他們既沒有良知，也沒有熱情。他們就像鎖在屠宰場「肉櫃」（meat locker）的一堆人肉，聽任擺布、生死由他。當比利來到歐洲戰場時，他隸屬的步兵團已經全部戰死，馮內果描寫了他和其他三名戰友流亡逃難的情況：

比利於戰爭中倖存，卻身陷德軍新前線大後方，漫無目的地遊蕩……這群人沒有食物與地圖，為了躲開德軍而走進罕無人煙的鄉間地帶，沿路靠雪充飢。

……

比利．皮格利姆走在最後頭，兩手空空，簡直等死，他看起來很可笑……他是四人中唯一蓄鬍的，儘管才二十一歲，那嘴又亂又硬的鬍子仍摻雜些白鬚。此外，他的頭也快禿了。寒風與激烈運動使比利滿臉通紅。

他看起來完全不像士兵，反而像骯髒的紅鶴。

馮內果的「黑色幽默」是一種悲憫式、苦笑式、幻覺式的自我捉弄與嘲諷，一種「自覺的精神分裂」，因而既是悲觀的，也是虛無的。一如比利面對他的敵人時總是痴痴傻笑一樣，在所有大難臨頭、死神逼進的時刻，他都不驚慌、不抱怨、不反抗。面對這個冷酷如冰的世界，處於這群用盡方法迫害同類的世人之中，唯一的辦法就是不想它、不理它、不管它。你可以說這是一種不負責任的旁觀者態度，但是難道你要去充當拯救世界的當事人？你可以說這是麻木不仁，但是當你想到被視為英國民族英雄的邱吉爾實際上就是下令轟炸德勒斯登、屠殺十三萬人的冷血屠夫時，除了麻木還能怎樣？人可以用各種形式決定自己的生存方式，但絕望與虛無是超越一切形式之外的形式，因為它是對一切非道德、反人性的絕望式控訴，是對這個不論如何也無法改善之世界的徹底背離與放棄。但即使是虛無與絕望，它依然是積極的，因為它是對一切不仁與非義的淨化，它通過一種深及肺腑的指控來適應一種道德的目的，並在一切災難中產生自我保護的作用。

時空痙攣症

比利患有一種時空痙攣症，這個用來描述戰爭創傷的怪名詞不只是荒謬好笑而已，它實際上是一種精神重創之後才開始長期擴散的精神疾病，一種稱為「創傷後壓力疾患」（post-traumatic stress disorder, PTSD）的官能症候群。這種內生在的疾病不會痊癒，只會轉移，甚至只有在個體死亡之後才會消失。「時空痙攣症」是馮內果自創的文學隱喻，其深刻含義在於：「每一次記憶中浮現的戰爭場面都會令人在精神上打一次寒顫。」為了抵抗這種間斷性、偶發性的精神抽搐，唯一的辦法就是打碎自己記憶的完整性，將自我分裂成攜帶各種不同記憶的片段，讓它穿越時間、流散空間，讓自己像一顆殞落的流星，沉落在宇宙深不見底的黑洞裡。同樣地，小說中的「時間旅行」也不是一種科幻遊戲，它正是這種記憶稀釋、自我解體的過程，一種逃避和轉換。

小說中不斷重複出現的「就是這樣」（So it goes），也不只是一句口頭禪，而是諷刺人類對生命的輕忽和褻瀆，嘲諷人類對死亡之習以為常、見多不怪的病態反應。如果對戰爭的反思是對人類生存體制最深刻的追問，如果對死亡態度的揭示是對人性本質最真實的探索，So it goes則是對這種追問和探索之「何必多問」的反應。當比利接獲命令前往盧森堡一個步兵團，理由是這個團的牧師助理在執勤時送了命，馮內果給了一句「就是這樣」；當德勒斯登一夜之間死了十三萬五千人時，馮內果又給了一句「就是這樣」。當轟炸結束後，城裡出現了幾百個掩埋坑，剛開始一具具死屍像博物館裡的蠟人，沒幾天就發出屍臭，全城布滿混雜著玫瑰花香和芥子氣味的臭味時，馮內果還是給了一句「就是這樣」。這句聳肩一笑、嗤之以鼻的話語，不斷地在小說中重複，一切就是這樣。反諷的是，為上帝代言的牧師助理死於戰場，這難道不是上帝對人類愚蠢的斥責？難道不是天使對人類殺人比賽的恥笑？德勒斯登，一個僅有一百三十萬人的城市，既沒有戰略地位也沒有軍事價值，只是因為盟軍急於求勝和報復，一夜之間成了人肉屠場。面對這一切，除了「就是這樣」，還能怎樣？

序（二十五週年紀念版）

英國數學家史蒂芬．霍金，在他一九八八年的暢銷名著《時間簡史》中說他常乾著急，因為人們無法記得未來。但對如今的我來說，記得未來不過是兒童把戲。我知道我那些無助的、孺慕的娃兒們未來會怎樣，因為如今他們都是大人了。我知道我那些老朋友的下場會怎樣，因為如今他們大多退休或長眠了。瑪莉．歐海爾如今成寡婦了（譯注：參見本書第一章）。我也知道分裂的德國以及號令劃一的蘇聯未來會怎樣，因為如今它們一個統一、一個土崩瓦解了。諸如這般。對史蒂芬．霍金和其他後輩小子，我要說：「耐著點兒，你的未來很快就會找上你，像隻狗一樣趴在你腳下，它了解你愛慕你，不管你是哪一種德性。」

我對這本書並不後悔，雖然眼光隼利的喬治．威爾說它把大屠殺搞成了芝麻綠豆。這本書是用一種無動於衷的方式來表達我的驚駭，驚駭於多年以前德勒斯登焚城之際我的所見所為。當時，我曾與其他劫後餘生的戰俘奴工並肩發掘地下屍骸，將之成堆堆在葬場，無法辨識無處鐫名。這些死者可以是任何人，包括我自己，他們當然也是有代表性的，或同僚或奴工或難民，來自二次大戰捲入戰爭的歐洲各國。

我怎麼能無動於衷？因為殺人的是炸彈，而我有若干正直、高尚、勇敢的朋友卻是飛行員或投彈手。空襲德勒斯登的行動人員並不需要義憤、仇恨或怒氣，他們做的與汽車裝配廠的工作並沒有兩樣。

在我戰後回到美國陸軍之前；我曾在某一山谷遇見許多大屠殺的倖存者（我在另本小說《藍鬍子》裡曾提此事）。大約十年前我旅訪奧許維茲集中營，發現處刑者與受難者的住所彼此可見可聞，顯然他們有可能彼此略識對方。所有當年相關人士的姓名年齡籍貫都登錄在簿，留存至今，看起來就像昔日基諾大劇院新戲戲碼單上的男女演員表的姓名一樣。

奧許維茲上演的是人對人的不仁。而任何對平民百姓的空襲，或季辛吉之輩的外交手勢，上演的則是人對人所發明的種種不仁。這正是過去四十五年來我寫作念茲在茲的主題。而我的未來之狗，如今趴在我腳下，正打著鼾呢。

（詹宏志　譯）

獻給
瑪莉·歐海爾
與
傑哈·穆勒

牛隻低哞，
聖嬰醒。
幼主耶穌，
不鳴嚶。

1

這一切算是發生了。總之，戰爭那些事真實無誤，我有朋友的確於德勒斯登偷別人的茶壺時被槍殺。另名友人也的確出口威脅，說要在戰後僱槍手解決仇家，諸如此類。我已更換當事者名姓。

我的確在一九六七年回到德勒斯登，用的是古根漢基金會的善款（神愛古根漢）。那裡很像俄亥俄州的代頓市，但有更多戶外空間，土地想必也接受了數噸屍骨滋養。

與我同行的是老戰友柏納德‧歐海爾，路上還結識計程車司機，他載我們去屠宰場，我們當戰俘時晚上都被關在那裡。司機名叫傑哈‧穆勒，他告訴我們他曾遭美軍囚禁一段時日，問及生活在共產主義底下的感受，他說一開始很糟糕，大家全得辛勤工作，卻沒有足夠的衣食住所。但現在狀況已改善許多，他有一間舒服的小公寓，女兒接受優良教育，母親則葬身於德勒斯登大轟炸的火海中。就是這樣。

他於聖誕時節寄了張明信片給歐海爾，裡頭寫道：「祝你和你的親友聖誕快樂、新年開心。有緣的話，希望我們能在充滿平和與自由的計程車中重逢。」

「有緣的話」這幾個字很得我心。

真不想提這本破書花了我多少金錢、時間與心神。二十三年前，自二戰戰場返鄉，原以為記錄德勒斯登遭摧毀是件易事，反正只須敘述當初所見。此外，我也覺得這本書格局很大，即使成不了巨著，至少能賣不少錢。

然而，書中關於德勒斯登的敘述多出自他人之口，畢竟我自己的見解太少，不夠寫成書。如今，我這老屁股只剩下往事回憶和寶馬香菸，兒女已經長大成人，但狀況依舊如此。

我對德勒斯登的回憶如此稀薄，卻又覺得這城市十分值得著墨，這讓我想起那首有名的打油詩：

有個年輕人來自史坦布，
朝著自己的傢伙獨訴：
「你花光我金錢，
搞壞我身體，
現在還不撒尿，真是蠢東西。」

此外，我也想到有首歌是這樣唱的：

我叫勇．揚森，

有份工作在威斯康辛，
就在那裡的鋸木廠。
走在街上碰到人，
他們問我何名姓，
我說：
「我叫勇．揚森，
有份工作在威斯康辛……」

就這樣沒完沒了。

這些年人們問我在忙什麼，我常說自己主要在寫一本關於德勒斯登的書。

有一次，我這麼回應電影製作人哈里遜．思達，他挑了挑眉問道：「那是反戰的書嗎？」

「對，」我如此表示：「我想是吧。」

「你曉得我都給反戰作家什麼評語嗎？」

「不清楚，哈里遜．思達，你都說什麼？」

「我會說：『你為什麼不寫反冰河的書？』」

他當然是指戰爭始終存在，和冰河形成一樣難以避免，我自己也這麼認為。

即使戰爭不像冰河一樣常見，人們仍然會老死。

年輕一些、還在寫那本德勒斯登大作時，我曾向老戰友柏納德．歐海爾表示想前去拜訪。歐海爾當時在賓州擔任地方檢察官，我則住在麻州鱈魚角從事寫作。我們在二戰時都是步兵團偵察兵，從沒想過戰後能賺什麼錢，但卻都過得很好。

我請貝爾電話公司幫忙聯絡歐海爾，他們很會處理這種事。後來我有個毛病，晚上偶爾由酒精及電話陪伴。我喝醉以後滿口芥子氣味及玫瑰花香，趕走妻子後，便語氣沉重而優雅地朝電話那頭講話，請接線生幫忙聯絡這個朋友或那個朋友，全是失聯好幾年的人。

我就是這樣與歐海爾通上電話。他比較矮，我比較高，我們是戰場上的默特與傑夫[1]，兩人一起成為戰俘。我透過電話向歐海爾表明身分，他絲毫不感懷疑，當時他還醒著，在看書，其他家人皆已入眠。

「聽著，」我表示：「我正在寫一本關於德勒斯登的書，需要一些幫助喚醒回憶的東西，方便去找你嗎？我們可以喝喝酒，聊聊天，回憶一下往事。」

他顯得意興闌珊，只說自己記不得多少東西了，但我還是可以去找他。

「我覺得這本書的高潮可以放在可憐的艾德加．德比遭處決那裡。」我提到：「那非常諷刺，整座城市全給燒毀，數十萬人喪命，這個美國步兵卻在這片廢墟中因為拿茶壺被逮，接受正規審判，最後讓行刑隊槍斃。」

1 默特與傑夫（Mutt and Jeff）為美國一連載漫畫之主角，常做傻事、惹人發笑。

「呃。」歐海爾如此回應。

「你不覺得這裡真的是高潮嗎？」

「我不懂這種事，」他說：「這是你的本行，不是我的。」

我主要販賣高潮與扣人心弦的情節、鮮明角色性格及令讀者叫好的對話、疑團和衝突，所以的確描繪過德勒斯登的故事很多次。其中寫得最好的一次，總之就是最出色那次，寫在壁紙背面。

我拿起女兒的蠟筆，主要人物皆有代表色，壁紙一端為故事開頭，另一端是結尾，然後中間就是中間的故事。藍線碰上紅線再與黃線交會，接著，黃線斷了，表示它所代表的角色已經死去。就這樣一直下去。德勒斯登大轟炸由十字形筆觸的畫法呈現，顏色為橘色，倖存人物所代表的線皆穿過橘色，進入另一邊。

結尾在德國哈勒市近郊的易北，所有線皆停在這裡的甜菜田。雨自天而降，歐洲戰事已然結束幾週，我們排好隊，由俄國士兵從旁看守，隊伍裡有英國人、美國人、德國人、比利時人、法國人、加拿大人、南非人、紐西蘭人與澳洲人，數千人即將脫離戰俘生活。

田另一邊有數千名俄國人、波蘭人、南斯拉夫人等等，全由美國士兵看守。雙方在雨中一個一個交換戰俘。歐海爾和我以及許多其他人爬上美軍卡車後槽，歐海爾沒帶什麼紀念品，大家幾乎都死了，我則帶了把納粹空軍的儀式用軍刀，至今仍在手邊。我在書裡提過保羅・拉薩羅這號人物，一個性格激動、身形瘦小的美國人，他帶走一公斤多的鑽石、翡翠和紅寶石，全是從德勒斯登地洞的死人身上搜刮的。就是這樣。

有個牙齒全掉光的蠢蛋英國人將紀念品放在帆布袋內，那袋子就擱在我腳上，他有時會瞄瞄袋裡的東西，再掃視四周，一邊轉動細瘦的脖子，一邊觀察有誰兩眼貪婪地盯著袋子看，後來他抓著袋子壓壓我腳背。

原以為他是無意的，但我錯了，他就是想找誰炫耀袋子裡的東西，最後決定相信我。這名英國人朝我眨了眨眼，然後打開袋子，裡頭有座艾菲爾鐵塔石膏模型，外層塗上一層金，裡面還有只鐘。

「我有個好東西喔。」他說。

我們被送到法國的休養營地，整天喝巧克力口味的胚芽奶昔和其他營養的食物，照顧得全身胖一圈以後，才給送回家。接著，我和一名同樣胖胖的漂亮女孩結婚。

然後我們有了小孩。

他們都長大成人了，我這老屁股只剩下往事回憶和寶馬香菸。我叫勇·揚森，在威斯康辛工作，就在當地的鋸木廠。

深夜裡，妻子上床後，我偶爾會打電話給以前認識的女性朋友。「接線生，請給我某某太太的聯絡方式，她應該住在什麼什麼地方。」

「先生，抱歉，我們找不到。」

「謝謝，接線生，還是謝謝你。」

然後我會讓狗出來，或者該說放牠進來，我們一起聊聊天。我告訴牠自己有多喜歡牠，牠也讓我知道牠有多喜歡我，狗兒毫不在意我嘴巴裡的芥子氣味與玫瑰花香。

「山迪，你很好，」我會這麼對牠說：「知道嗎？你還不錯。」

有時候我會打開收音機，聽聽波士頓或紐約的談話節目，酒喝太多使我無法忍受錄製的音樂。

我上床的時間時早時晚，妻子會問現在幾點，她老是想知道時間，我如果不曉得就會說：「不知道。」

我偶爾會想起以前受的教育。二戰之後我到芝加哥大學讀過一陣子，專攻人類學，當時他們教導我們，人與人之間絕對沒有任何差異，或許現在仍這樣教。

此外，他們也說世界上沒有可笑、邪惡或可憎的人。父親臨死前問我：「你有沒有發現自己寫的故事從來沒有壞人？」

我回答他，這是戰後在學校裡面學到的事情之一。

攻讀人類學時，我也在知名的芝加哥城市新聞局擔任週薪二十八元[2]的警事記者。他們有

2 本書之金錢單位皆為美元。

天將我從夜班調到日班，結果我一口氣工作十六小時。芝加哥所有報社都支持我們，其中包括美聯社及合眾社。我們的採訪範圍涵蓋法院、警察局、消防局、密西根湖巡邏隊等等，與支持我們的單位透過芝加哥街道底下的氣送管保持聯繫。

記者透過電話轉述事件內容給戴著耳機的作者聽，作者再製作模版、油印，並將成品塞進光滑的黃銅輸送匣，好透過氣送管傳送。最強勢的記者及作者都是女性，男人上戰場後由她們接下這些工作。

我報導的首起事件是透過電話轉述給其中一名強勢女同事聽。事件主角是位年輕退役軍人，他在某棟辦公大樓擔任電梯員，那座電梯屬舊式，一樓的出入口還裝飾著鐵鑄花邊，金屬常春藤自孔洞鑽進鑽出，枝幹上還棲著兩隻鐵製相思鳥。

這名軍人打算將電梯降到地下室，於是關上門往下開，可他的婚戒卡在電梯鑲邊內，因此被掛在半空，電梯底盤繼續往下降，接著脫落，最後他被電梯頂壓扁了。就是這樣。

我打電話報告這件事，準備製作模版的女同事問道：「他太太怎麼反應？」

「她還不曉得，」我這麼回答：「這意外才剛發生。」

「打通電話，問她看看。」

「什麼？」

「就說你是警察局的警備隊長芬恩，有壞消息要講，然後告訴她這件意外，聽聽她說什麼。」

於是我照做了。她的反應一如你預期，他們有個小孩，諸如此類。

回辦公室後，女同事出於好奇問我，那名軍人被壓扁以後看起來怎樣。我回答。

「你會覺得很不舒服嗎？」她邊問邊吃三劍客牌巧克力棒。

「天啊，南西，當然不會，」我說：「我在戰場上看過更多更噁心的東西。」

我當時大概正在寫關於德勒斯登的書，那時美國人多半沒聽過這場空襲，比方說許多人都不清楚它比廣島空襲還慘烈。我自己其實也不曉得，畢竟當時沒有什麼宣傳。

在某場雞尾酒派對中，我向一位芝加哥大學教授提及自己對德勒斯登空襲的見聞，並談到手邊正在撰寫的書。那名教授是社會思想委員會成員，他分享了些資訊，像集中營與德國人拿猶太人屍體脂肪製作肥皂跟蠟燭，諸如此類。

我只能回答：「我知道。我知道。我知道。」

二戰確實讓所有人變得非常強勢，我成為通用電氣公司在紐約州斯克內克塔迪市分公司的公關人員，同時也是阿爾普勞斯村的義消，在這裡買下人生第一棟房子。當時的老闆是我碰過最強勢的人之一，他曾效力於巴爾的摩陸軍公關部，位階是上校，我搬到斯克內克塔迪時，他加入荷蘭歸正會，那也確實是非常強勢的教會。

他偶爾會輕蔑地問我為何沒當上軍官，彷彿我做錯什麼事。

我和妻子的嬰兒肥消失了，那幾年我們身形消瘦，也認識許多退役軍人夫婦，大家都身形消瘦。在我看來，斯克內克塔迪市最好、最和藹、最有趣的退役軍人就是真正上過戰場的男性，他們也最厭惡戰爭。

當時我致信空軍詢問德勒斯登空襲的細節，想了解是誰下令、有多少戰機、為何這麼做、有何成果等等。回答問題的男性和我一樣來自公關部門，他向我道歉，說這些資訊仍是最高機密。

我將信件內容大聲讀給妻子聽，並且說：「機密？天啊，對誰保密？」

我們那時候是世界聯邦主義者，不曉得現在算什麼，我猜是電話主義者吧，我們經常打電話，至少我常在深夜裡這麼做。

致電老戰友柏納德．歐海爾幾週後，我真的去拜訪他了，當時應該是一九六四年，總之就是紐約世界博覽會最後一年。時光飛逝。我叫勇．揚森。有個年輕人來自史坦布。

我帶著兩個女孩同行，分別是我的女兒南妮及她的最好朋友艾莉森．米契爾。她們從未踏出鱈魚角，因此碰著河流時還得停下來，讓她們站在岸邊好好看看，女孩們沒見過這樣又長又窄的淡水河，這條河是哈德遜河。我們發現河中有鯉魚，體型和原子潛艇一樣大。

此外，我們也遇到瀑布，看著河水從懸崖上一躍而下，進入德拉威河谷。沿途有許多事物值得停下來觀賞，時間到了才又啟程，每次皆是時間到了才離開。女孩們一身派對白洋裝及黑鞋，旁人一眼就知道她們是好孩子。「女孩們，該走囉。」我會這麼說，然後便動身離去。

太陽西下，我們到義大利餐廳用餐，然後敲了敲美麗石造房屋的前門，那是歐海爾的住處。我手裡拿著愛爾蘭威士忌，瓶身就像晚餐鈴。

我見到他的好妻子瑪莉，這本書便是獻給她，同時也獻給德勒斯登的司機傑哈．穆勒。瑪莉．歐海爾是位受過訓練的護士，這份職業很適合女性。

瑪莉很喜歡同行的兩個小女孩，還讓她們與自己的子女一起上樓玩遊戲、看電視。孩子們上樓後，我才發現瑪莉不喜歡我，或該說她不喜歡今晚某樣事物。瑪莉很有禮貌卻也很冷淡。

我表示：「你們的房子真棒、真舒適。」的確如此。

「我幫你們準備好能夠專心聊天的地方了。」

「很好。」我邊說邊想像兩張皮椅擺在隔板房的壁爐旁，兩名老兵坐在上頭喝酒、聊天。然而，瑪莉帶我們到廚房裡，餐桌旁有兩張直背椅，餐桌表面白瓷一片，反射著兩百瓦燈泡的刺眼光芒。瑪莉安排了間工作室，也只為我準備玻璃杯，她說歐海爾戰後便無法喝烈酒。

於是我們坐了下來。歐海爾神情尷尬，卻不說哪裡有問題，我也不曉得自己為什麼令瑪莉火冒三丈。我是居家男人，只結過一次婚，不是酒鬼，也沒在戰場上害過她丈夫。

瑪莉給自己倒了杯可口可樂，過程中還拿製冰盒朝不鏽鋼水槽敲敲打打，發出許多聲響。

然後她走進別的房間，卻又不肯好好坐著，只是在屋裡四處走動，開門、關門，甚至還搬動家具洩憤。

我問歐海爾自己說了什麼或做了什麼，讓她那樣反應。

「沒關係啦，」歐海爾如此回答：「別擔心，和你無關。」歐海爾人真好，沒有講實話，那完完全全與我有關。

所以我們試著不理瑪莉，回憶戰爭過往。我喝了幾杯自己帶來的酒，兩人有時聊到發笑，彷彿戰場往事重現，但卻想不起什麼美好回憶。歐海爾記得德勒斯登空襲以前有個傢伙喝了一堆酒，最後得用手推車送他回家。這沒什麼好寫的。我則記得兩名俄國士兵洗劫鐘表工廠，用馬車運走滿滿的鐘表，那兩人樂得要命又酩酊大醉，嘴裡還抽著拿報紙捲的菸。

我們的回憶大概就是這些，而瑪莉還在製造各種聲響，最後，她再次進廚房倒可樂，再次從冰箱拿出製冰盒，在水槽邊敲敲打打，即使已經敲出許多冰塊仍不停手。

接著，她轉身面向我，讓我知道她有多憤怒，那股氣就是針對我。瑪莉不斷自言自語，嘴邊的話是一串長篇大論的隻字片語。「你們那時根本只是小孩子！」她說。

「什麼？」我問道。

「你們在戰場上不過是小孩子，跟樓上那幾個差不多！」

我點頭贊同，當時我們剛度過童年，既愚蠢又天真。

「但你不會這樣寫，是吧。」這並非問句，而是指控。

「我……我不知道。」我說。

「嗯，我知道，」瑪莉說：「你們會假裝自己已經長大成人，讓法蘭克・辛納屈、約翰・韋恩或其他帥氣又好戰的下流老男人在電影裡扮演你們，戰爭看起來會十分迷人，接下來便會有更多更多戰爭，由跟樓上那幾個差不多的孩子負責打仗。」

那時我終於了解，瑪莉氣的是戰爭，不希望自己或其他人的孩子死在戰場上，而且她認為書籍、電影或多或少助長戰爭思想。

於是我舉起右手向她保證：「瑪莉，我不認為這本書能寫完，我目前搞不好已經寫了五千頁，又扔掉五千頁，如果哪天真的寫到結局，我以個人名譽保證，書裡絕不會有法蘭克・辛納屈或約翰・韋恩的戲分。」

我表示：「我會將書名取為《兒童十字軍》。」

她自此成為我的朋友。

歐海爾和我放棄回想，決定到客廳聊其他事情，我們對真正的兒童十字軍產生好奇，因此歐海爾找來一本書翻查，那冊書叫《財富大癲狂——集體妄想及群眾瘋潮》，由法學博士查爾斯・麥凱所著，一八四一年於倫敦出版。

麥凱對歷次十字軍皆心存反對，兒童十字軍比其他十次成人十字軍稍微更令他反感。有段話寫得很好，歐海爾大聲唸出來：

神聖的歷史一頁頁載明，十字軍皆為粗鄙野人，一味偏執盲從，帶來無數血淚。而傳奇故事卻著重於他們對信仰的虔誠與英勇精神，並慷慨激昂地描繪這些人的高風亮節、自己掙來的不朽榮耀以及對基督教所做的偉大貢獻。

歐海爾繼續讀道：這些爭鬥得到什麼豐碩成果？歐洲耗去數百萬財寶與兩百萬人的鮮血，換來幾名好吵嗜鬥的騎士占領巴勒斯坦一百年！

麥凱告訴讀者，兒童十字軍始於一二一三年，兩名修道士想出一個主意，在德、法兩地組織兒童軍隊，再把他們賣到北非當奴隸。三萬名孩童志願參加，以為自己將前往巴勒斯坦。麥凱提到，**他們無疑是無所事事、遭人遺棄的孩子，湧入大城市以非法及冒險勾當維生，這些人什麼都肯做。**

教宗諾森三世也以為他們準備前往巴勒斯坦，因此內心十分喜悅，還感嘆：「眾人皆睡，這些孩童獨醒！」

這些孩子大多自法國馬賽搭船出發，約半數死於船難，另一半則被帶到北非賣掉。

有些小孩因誤會而至日內瓦報到，那裡沒有奴隸船等著他們。當地的好心人提供他們吃住，並且友善地問些問題，最後，這群孩子帶著一些錢及許多建議回家。

「日內瓦的好心人萬歲。」瑪莉．歐海爾如此表示。

那晚我睡在其中一個小孩的臥室裡，歐海爾擺了本書在床邊的小桌子上，書名叫《德勒斯登、歷史、戲劇與畫廊》，作者為瑪莉．恩德爾，出版年份為一九〇八年，該書引言寫道：

希望這本小書有些用處。我的寫作目的在於幫助英文讀者概略了解德勒斯登的城市發展史，以及幾位音樂天才如何促成今日榮景。此外，本書亦介紹此處藝術界重大事件，因為這些事件，此地畫廊才成為追求永恆感動的藝術愛好者的勝地。

我又讀了些和歷史有關的敘述：

一七六〇年，普魯士軍隊包圍德勒斯登，並於七月十五日展開砲擊。畫廊著火，許多畫作被送至庫尼史坦，但有些遭砲火嚴重損毀，其中最知名的便是佛朗西亞的〈基督的洗禮〉。更甚者，用來日夜監視敵軍動向的聖十字堂大鐘樓亦陷入火海、崩壞殆盡。聖母教堂的命運與悲慘的聖十字堂恰恰相反，普魯士軍砲彈撞上它的石製穹頂全如雨滴般彈開。最後，佛列德里西得知剛拿下的格拉茲再度失守，不得不放棄圍城，他說：「我們必須趕赴西列西亞，避免任何損失。」

德勒斯登受毀壞的程度大到難以衡量，就連年輕求學時代的歌德造訪這座城市時，都還能看見令人哀傷的斷垣殘壁，並以德文寫道：「自聖母教堂穹頂向下望，整齊有條之美麗都市可見悲慘遺跡。司事驕傲地介紹教堂及穹頂建造者技藝精湛，使其於那起不幸事件中挺過砲火摧殘。之後，好心司事指著四周遺跡簡潔扼要地說道：『那都是敵人幹的。』」

隔天早上，兩個小女孩和我跨越華盛頓當初跨越的德拉威河。我們造訪紐約世界博覽會，看看福特汽車及迪士尼眼中的過去長怎樣，也體驗通用汽車所描繪的未來世界。

我問自己，那現在呢？我目前的世界有多廣？有多深？擁有多少東西？

在那之後，我在知名的愛荷華大學寫作班教了幾年創意寫作，當時曾碰上一個非常美好的麻煩，之後也順利解決。我下午上課，早上寫作，不會有人打擾，就這麼專心地撰寫那本關於德勒斯登的名著。

一位叫做西摩．勞倫斯的好人與我簽了三本書的合約，我告訴他：「好，第一本就是關於德勒斯登的名著。」

西摩．勞倫斯的朋友叫他「山姆」，我現在也跟著這樣稱呼：「山姆，書在這裡。」

山姆，因為屠殺沒什麼大道理可談，所以這本書沒幾頁，而且雜亂無章。所有人物皆得死，什麼話都沒法說，什麼東西也無法要。萬事萬物在屠殺之後就該歸於寂靜，情況總是如此，還發出聲音的就只有鳥。

鳥有何表示？牠們對屠殺的反應難道只有「樸—提—威」之類的叫聲？

我曾告誡兒子無論如何都不准參與屠殺，也不該因敵軍遭受殺戮而感到欣喜滿足。

此外，我亦告誡孩子不准任職於製造屠殺工具的公司，還要鄙視認為此類工具有其必要的人。

一如我所言，我最近與老朋友歐海爾回到德勒斯登，在漢堡、西柏林、東柏林、維也納、薩爾斯堡、赫爾辛基及列寧格勒等地留下無數歡笑。我很喜歡這次旅程，因為途中見到許多編撰故事的真實背景，可成為日後寫作題材。其中之一是「俄式巴洛克」，另外還有「不准接吻」、「一元酒吧」、「有緣的話」等等。

諸如此類。

漢莎航空本該有飛機自賓州起飛，於波士頓短暫停留，再前往法蘭克福。歐海爾本該在賓州登機，而我在波士頓上機，接著一起出發。但波士頓天候惡劣，導致能見度不佳，飛機只得直接飛往法蘭克福。我在波士頓大霧中成為沒有公民地位的機場滯留者，後來漢莎航空將我連同其他滯留者送上小型巴士，至汽車旅館度過一個四不像的夜晚。

時間難以消磨，有人在玩弄時鐘，不管是電子鐘還是發條鐘，我的手表秒針每動一下就過一年，接著這樣繼續動下去。

我什麼也無法做，身為凡人，只能相信時鐘與月曆所提供的資訊。

我手邊有兩本書，原本打算帶上飛機閱讀，其中一本是西奧多．羅特克的《風語》，裡頭有段話這麼寫：

我慢條斯理地醒來，為的是下一次沉睡。
我在無法畏懼之中感知自己的命運。
我從必須前往之處獲悉那一切。

另一本書是艾莉卡．奧斯特羅夫斯基的《席林見聞錄》。英勇的席林是一戰時的法國士兵，他後來頭骨裂開，從此腦裡充滿聲響，令他無法安眠。後來席林成為醫生，白天醫治窮人，晚上寫劇情怪誕的小說，他寫道，唯有與死神共舞才能創造藝術。

死亡即真理，他如此敘述，我盡己所能謹慎對抗……和它共舞、將它裝飾得光鮮亮麗，不斷周旋……以綵帶裝飾它，取悅它……

時間纏擾席林。奧斯特羅夫斯基小姐使我想起《緩期死亡》這本小說的震撼情節，賽林希望街頭熙攘人群能靜止下來。他在紙上吶喊：**叫他們停下來……別再讓他們移動半步……讓他們停在原地……直到永遠……這樣他們便永遠不會消失！**

我翻閱汽車旅館內的《基甸版聖經》，找尋關於大毀滅的故事。羅得到了瑣珥，日頭已經出來了。**當時耶和華將硫磺與火，從天上耶和華那裡，降與所多瑪和蛾摩拉，把那些城，和全**

平原，並城裡所有的居民，連地上生長的，都毀滅了。（取自和合本聖經）

就是這樣。

這兩座城市住的全是壞蛋，這點大家都很清楚，因此沒有他們世界會更好。

當然，羅得的妻子被告誡不可回頭看望城裡的人與住家，但她還是回頭了，這點讓我很欣賞，因為這就是人性。

於是她變成鹽柱。就是這樣。

人們不該回頭看，我絕對不會再這麼做。

如今，我已經完成這本戰爭作品，下一本書要寫些有趣的。

這是本失敗之作，絕對如此，因為作者是根鹽柱。書的開頭這麼寫著：

聽好：

比利．皮格利姆已掙脫時空拘束。

書的結尾則是：

樸——提——威？

2

聽好：

比利．皮格利姆已掙脫時空拘束。

比利睡前還是名垂垂老矣的鰥夫，醒來卻回到自己的大喜之日。他從一九九五年的門走入，自一九四一年的門出來，接著又經由那扇門找到一九六三年的自己。比利說，他多次目睹自己的生與死，也隨興參與人生中各種事件。

他這麼說。

比利罹患時空痙攣症，無法控制自己接下來前往的地方，時空旅程亦非充滿歡笑。比利表示自己總覺得困窘，因為永遠不曉得接下來要到人生的哪個時間點。

比利於一九二二年在紐約州依里亞姆市出世，為當地某名理髮師的獨生子。這小孩長相有趣，後來也變成長相有趣的年輕人，又高又瘦弱，身形宛如可口可樂玻璃瓶。比利自依里亞姆中學畢業，成績排班上第三名，接著，於依里亞姆驗光師專業學校修習一學期夜間部課程，然後便被徵召入伍，投入二戰。比利的父親於戰時一次狩獵意外中喪生。就是這樣。

擔任步兵的比利前往歐洲戰場，後來遭德軍俘虜。一九四五年，比利光榮退役，且繼續至依里亞姆驗光師專業學校進修。四年級時，他婚訂該校創始人兼擁有者的女兒，之後便罹患輕微精神失常。

比利就醫於普萊西德湖附近的榮民醫院，在那裡接受電擊療法後返家。接著，和未婚妻結婚，完成學業，並在岳父資助下於依里亞姆開業。驗光師這行業在依里亞姆十分吃香，因為通用鑄造廠在此設廠，且要求所有員工進入鑄造廠區前皆得戴上護目鏡。通用鑄造廠在依里亞姆有六萬八千名員工，所以鏡片與鏡框的需求量十分龐大。

利潤全在鏡框上。

比利因而致富，還生了兩個小孩，分別叫做芭芭拉及羅伯特。女兒芭芭拉長大以後嫁給另一位驗光師，比利也替他開業。兒子羅伯特在中學惹了許多麻煩，後來加入綠扁帽特種部隊，讓裡頭的人管教成優秀青年，還到越南打過仗。

一九六八年初，包含比利在內的一群驗光師自依里亞姆包機飛往蒙特婁參加國際驗光師大會，飛機於佛蒙特州的糖叢山墜毀，比利為唯一生還者。就是這樣。

比利在佛蒙特某家醫院急救後倖存，妻子卻因一氧化碳中毒意外身亡。就是這樣。

空難之後，比利返回依里亞姆老家，靜靜生活了好一陣子。他頭頂有條嚇人的傷疤。他不再執業。他請了個管家。他女兒幾乎天天來探望。

接著，比利一聲不響地前往紐約市，在廣播電臺的通宵談話性節目裡大講特講，提及不受時空拘束，也談到自己一九六七年遭飛碟綁架。比利表示，那架飛碟來自特拉法瑪鐸星，外星人帶他回特拉法瑪鐸，讓他全身光溜溜地當動物園展示生物，比利還在那裡與前地球電影明星蒙塔娜・懷德哈克結為連理。

有些依里亞姆的夜貓子聽到比利在廣播上的言論，其中一個打電話給芭芭拉，芭芭拉氣壞了，和丈夫一起到紐約帶比利回家。比利語氣平和地表示自己所言不假，他真的在女兒新婚之夜遭綁架至特拉法瑪鐸星。大家之所以沒發現他失蹤，是因為外星人扭曲時空，使他在特拉法瑪鐸待了好幾年，在地球卻只過了百萬分之一秒。

度過平靜無事的一個月，接著，依里亞姆《新聞領袖報》刊登比利投書，文中描述特拉法瑪鐸星的生物。

該投書寫道，那些生物兩呎高，皮膚泛綠，外型像馬桶吸把，吸盤貼地，能彎能捲的手把則通常直直地指向天空，手把頂端有隻小手，手心有隻綠色的眼睛。這些生物平易近人且身處四度空間，還為地球人處於三度空間感到遺憾。此外，他們有許多美妙事物可供地球人學習，尤其是對時間的概念。比利承諾會在下封投書中描述外星人的一些美妙事物。

第一份投書刊登時，比利正著手撰寫第二封信，內容開頭如此敘述：

「我在特拉法瑪鐸星學到最重要的事情就是，他們死亡時就只是看起來死掉了，但死者在過去的時空中仍舊活著，也因此，在葬禮哭泣是很愚蠢的舉動。過去、現在、未來，所有片刻皆存在過，也將繼續存在，特拉法瑪鐸星人看不同片刻的方式一如我們眺望綿延的落磯山脈，他們曉得所有片刻永遠存在，也能任意觀看有興趣的片刻。我們地球人覺得片刻像串珠子，一個接著一個，擦身便不再重遇，但這只是錯覺。

「特拉法瑪鐸星人見著屍體時，會覺得該名死者在那段片刻的狀況很糟糕，但在其他許多片刻都沒問題。如今，當我聽說有人過世時，通常只會聳聳肩，學特拉法瑪鐸星人一樣評論：『就是這樣。』」

諸如此類。

比利在自家空屋地下室的遊戲間撰寫這份投書，那天管家放假，遊戲間內有臺老舊的打字機，這臺野獸跟蓄電池一樣重，比利無法輕易搬至他處，因此才選擇在這裡頭寫信。

老鼠咬斷連接溫度調節器的電線，所以暖爐無法運作，室內溫度降到華氏五十度，但比利渾然不覺，也沒穿多少衣服。雖然時間接近黃昏，他還套著睡衣及浴袍，那雙赤腳被凍得紫白。

儘管如此，比利卻滿腔熱血，讓他內心火熱的燃料是一股信念，他相信，許多人在明瞭時間的真相之後將感到欣慰。樓上門鈴響了又響，芭芭拉在外頭等著進來，後來她決定自己拿鑰匙開門。隔著比利頭上的那層地板，芭芭拉喊道：「爸，爸，你在哪裡？」諸如此類。

比利並未應聲，這使芭芭拉歇斯底里，以為他死了。然後她來到最後一處尚未找過的角落，也就是遊戲間。

「叫你的時候為什麼不回我？」芭芭拉站在遊戲間門口如此問道，手中還拿著午報，裡頭刊載比利對於特拉法瑪鐸星人的描述。

「我沒聽見。」比利說。

這時刻的狀況是這樣：芭芭拉僅二十一歲，覺得父親已經上年紀，比利其實才四十六歲，只是空難對他造成腦部創傷，芭芭拉才會這麼想。她也認為自己是家裡管事的人，因為她籌備母親的葬禮、幫比利找管家等等。此外，由於比利已無心經營事業，芭芭拉還和丈夫一起打理為數可觀的事業財產。所有責任落到年輕的芭芭拉身上，使她變得沒耐性又嘮叨，而比利則守緊自我尊嚴，不斷向芭芭拉及其他人解釋，自己並不老，甚至還投身比區區事業更崇高的志業。

比利覺得，以前的他為地球人配矯正眼鏡，現在的自己並沒有比較清閒，他認為，許多地球人迷失方向、生活悲苦，這都是因為缺乏特拉法瑪鐸星小小綠色朋友的那種見解。

「爸，不要騙我，」芭芭拉如此回答：「我很清楚你聽到我的聲音了。」她是個漂亮女孩，只是那雙腿太開了，跟愛德華式鋼琴一樣。接著，芭芭拉開始吵報紙投書，說比利讓自己和認識的人變成笑柄。

「爸爸，爸爸，爸爸——」芭芭拉說：「我們到底要拿你怎麼辦？你是想逼我們送你去奶奶待的地方嗎？」比利的母親仍健在，臥病在床的她住在名為松丘的養老院，那裡靠近依里亞姆郊區。

「我的投書為什麼讓你們那麼生氣？」比利很好奇。

「因為內容太瘋狂，根本都假的！」

「內容全是真的。」比利的情緒並未隨芭芭拉起伏，他從不發怒，是個優點。

「宇宙中沒有叫做特拉法瑪鐸的星球。」

「妳是說從地球看不到那顆星球嗎？」比利如此回答：「就這個角度來說，從特拉法瑪鐸星也看不見地球，這兩顆星球太小，距離也太遙遠。」

「你是怎麼想到『特拉法瑪鐸』這個怪名稱的？」

「住在那裡的生物這樣稱呼的啊。」

「噢，天啊。」芭芭拉轉身背向比利，無奈地拍著手：「可以問你一個簡單問題嗎？」

「當然可以。」

「空難之前你為什麼從沒提過這些事？」

「我覺得時機還沒成熟。」

諸如此類。比利表示，他首次掙脫時空拘束是在一九四四年，比遭綁架到特拉法瑪鐸星早上許多。他掙脫時空拘束的能力與那些生物無關，他們只是幫助比利弄清楚發生什麼事。

比利在二戰方興未艾時首次掙脫時空拘束，當時他擔任牧師助理，這類助理在美國軍隊中通常扮演甘草角色，當然比利也不例外，他無力上戰場殺敵，也無法幫助朋友，或該說其實連個朋友都沒有。服侍牧師的比利從不期待獲得升遷或勳章，身上不佩帶武器，心中對慈愛的耶穌抱持溫順的信仰，這點讓多數士兵覺得反感。

在南卡羅萊納州演習時，比利以防水的黑色小風琴演奏兒時便聽過的聖歌。那臺風琴有三十九鍵及兩個音栓——人聲栓與天音栓[3]。比利亦負責保管可攜式聖壇，外型為橄欖綠公事包配備縮疊式腳架。此外還有一塊深紅色絨布，這襲熱情底下包著鍍鋁十字架及《聖經》。

聖壇與風琴據說是紐澤西州坎登市的吸塵器公司製造的。

有次演習，比利彈奏巴哈譜曲、馬丁．路德作詞的〈堅固保障〉，那是個星期天早晨，比利與牧師於卡羅萊納某處山腰召集約五十名士兵。後來，有位裁決者現身，當時到處都有裁決者，他們的工作就是裁定演習誰輸誰贏、誰生死。

這位裁決者帶來有趣的消息，他說此次集會在理論上遭到理論中的敵人於空中發現，集會

3 人聲栓（vox humana）使音樂類似人的聲音，天音栓（vox celeste）則營造天堂之音，屬雙顫音。

人等理論上全數死亡。理論上的屍體開口大笑，還吃了頓豐盛的午餐。

數年後回憶起這件事，比利突然覺得那次經驗和特拉法瑪鐸星人對死亡的概念很類似，我們同時死亡與進食。

演習快結束時，比利獲准緊急特休，因為他的父親，一名紐約依里亞姆市理髮師，在與朋友出外獵鹿時遭同伴誤殺。就是這樣。

收假後，比利收到前往海外的命令，盧森堡戰場的步兵團本部需要他，因為他們的牧師助理在一場行動中喪命了。就是這樣。

比利報到時，該步兵團即將遭德軍殲滅，那場戰役就是知名的突出部之役。比利從頭到尾沒與牧師見著面，也沒領到鋼盔和戰鬥靴。當時為一九四四年十二月，德軍最後一次大反擊。

比利於戰爭中倖存，卻身陷德軍新前線大後方，漫無目的地遊蕩，其他三名心中較有方向的殘兵允許比利同行，其中兩個是偵察兵，另一個是反坦克槍兵，這群人沒有食物與地圖，為了躲開德軍而走進罕無人煙的鄉間地帶，沿路靠雪充飢。

他們排成縱隊前進，領頭的是偵察兵，那兩人聰明、行事從容、寡言，且手持步槍。反坦克槍兵跟在後面，他舉止粗笨，一手拿柯爾特點四五手槍，一手握刺刀，想以此嚇走德軍。

比利．皮格利姆走在最後頭，兩手空空，簡直等死，他看起來很可笑，身高六呎三吋，肩膀與胸口卻和火柴盒一樣平。比利沒有鋼盔、大衣、武器或靴子，兩腳穿的是為了父親葬禮所買的日常低口鞋，有隻鞋的跟還掉了，導致他走起路來身體上上下下、上上下下地移動。這樣非自願地上上下下、上上下下，令比利下盤發疼。

比利身穿薄風衣、襯衫及粗質羊毛長褲，裡頭的長袖內衣吸滿汗水。他是四人中唯一蓄鬍的，儘管才二十一歲，那嘴又亂又硬的鬍子仍摻雜些白鬚。此外，他的頭也快禿了。寒風與激烈運動使比利滿臉通紅。

他看起來完全不像士兵，反而像骯髒的紅鶴。

遊蕩的第三天，有人自遠處朝這群人開槍——對方連開四槍。第一發射向偵察兵，接著攻擊名叫羅蘭．威瑞的反坦克槍兵。

第三顆子彈朝站在馬路正中間的髒紅鶴射去，宛如致命的蜜蜂自紅鶴耳際嗡嗡飛過。比利彬彬有禮地站在原地，給槍手第二次射擊機會，他太笨，以為戰地守則規定槍手皆該有第二次攻擊機會。第二發子彈離比利的膝蓋幾吋遠，照聲音聽起來是直接射進土裡了。

羅蘭．威瑞跟偵察兵安全地躲在壕溝內，威瑞朝比利大吼：「幹，快離開那條路！」「幹」在一九四四年白人口中還是個新字[4]，比利覺得既新鮮又震驚，他從沒幹過人，而這個字的確發揮作用，它驚醒比利，使他離開馬路。

---

4 原文為motherfucker。

「蠢貨，我又救了你一次。」威瑞在壕溝內這麼告訴比利，這幾天來，他不斷拯救比利、咒罵比利、踹比利、打比利耳光跟叫比利移動。殘酷是必須的，因為比利不會想辦法自救，他只想放棄。比利又冷又餓又困窘，覺得自己對所有事情無能為力，現在甚至無法分辨醒和睡，自第三天起也覺得走路與靜靜站著沒有多大差異。

比利希望大家留他一個人就好，還不斷表示：「你們先走，不用管我。」

威瑞和比利一樣才剛替補別人上戰場沒多久，槍擊隊成員的他抓著五十七釐厘米反坦克槍怒射一發，這番射擊發出類似拉開拉鍊的聲響，子彈擦過白雪與草地，留下三十呎長的火舌，火焰熄滅後，地上可見一條黑色碳跡，讓德軍清楚掌握槍手藏在何處。這次射擊並未命中目標。

躲過射擊的是臺虎式坦克，八十八釐米砲頭不斷旋轉、搜索四處敵軍動態，坦克看見地上碳跡便攻擊，結果槍擊隊只剩威瑞存活。就是這樣。

羅蘭．威瑞當時才十八歲，剛結束於賓州匹茲堡市的苦悶童年。他在匹茲堡很不受歡迎，原因在於他又笨又胖又卑鄙，而且不管怎麼洗澡，身體總有培根味，威瑞在匹茲堡常被討厭他的人排擠。

這令威瑞厭惡被排擠的感覺，如果碰上了，他會找個更沒人緣的人鬼混一下，先假裝自己很友善，再找藉口狠狠揍對方一頓。

這是威瑞的行為模式，他和最終準備痛擊的人建立起瘋狂、性感而又殘忍的關係。他告訴這些人，父親喜歡收藏槍、劍、刑具與腳銬。威瑞的父親是水電工，的確有這些收藏品，甚至還投保四千元保險。他並非唯一的收藏家，而是某個大型同好社團的會員。

威瑞的父親曾給妻子還能使用的西班牙夾指刑具，讓她在廚房裡壓東西，還有一次送桌燈，那燈底部是一呎高的「紐倫堡鐵處女」模型。鐵處女非常知名，原為中世紀刑具，是個外觀像女孩子的鍋爐，裡面其實布滿尖刺。鐵處女正面有兩片門，可由鐵鍊捆緊，行刑方式是將罪犯送進鐵處女中，再慢慢將門關上。裡頭有兩根尖刺非常特別，專門對準罪犯眼睛。此外，鐵處女底部有洞，好排出血液。

就是這樣。

威瑞與比利・皮格利姆聊過鐵處女、底部的孔洞以及它的用途，也提過小型武器，像是他父親的德林加手槍，小到可以塞在背心口袋，卻足以在人身上開出一個大洞，「夜鷹飛穿過去都不會擦撞到。」

威瑞曾輕蔑地與比利打賭，說他鐵定不曉得血溝是什麼，比利猜是鐵處女底部的洞，但並非如此，原來血溝是劍與刺刀邊緣的那條淺溝。

威瑞也與比利分享在書裡讀到、電影看到或者廣播聽到的美妙刑求方式，甚至還提及自己的點子，其中一個是將鑽牙機插進別人耳朵內。威瑞問比利，覺得什麼處決方式最恐怖，比利不置可否，結果正確答案是：「插根木樁在沙漠的蟻丘上，把人綁在上頭並面向天空，然後在他老二塗滿蜂蜜，再割掉他的眼皮，讓那個人盯著太陽看到死。」就是這樣。

如今，砲擊過後，威瑞、比利和偵察兵躺在壕溝裡，威瑞要比利仔細看看他的刺刀，那不是政府發的，是他父親的禮物，刀身十吋，橫切面呈三角形，刀柄有排銅環，威瑞可以將粗短手指套進去。這些銅環布滿尖刺，很特別。

威瑞激動地抓住比利，拿銅環尖刺刮他的臉頰：「你希望我怎麼用這把刀對付你啊？嗯？」威瑞很想知道。

「不要對付我。」比利說。

「知不知道刀身三角形的原因？」

「不知道。」

「這樣傷口才無法癒合。」

「喔。」

「這種刀可以在人身上捅出三邊形的洞。普通刀具只能捅出一條傷口，對吧？然後傷口馬上開始癒合，對吧？」

「對。」

「媽的，你到底懂什麼？大學都在教什麼東西？」

比利說：「我大學沒有讀多久。」的確如此，他只讀了半年，上的還不是正規大學，而是依里亞姆驗光師專業學校夜間部。

「書呆子。」威瑞嚴厲地說。

比利聳聳肩。

「生命裡有比書本知識更重要的東西，」威瑞說：「你以後就會發現。」

壕溝內，比利也沒回應這句話，他不希望對話無意義地延伸下去。不過，比利其實有點想告訴威瑞，他對傷口與血液凝固有些認知，因為他自小便早晚思索酷刑與可怕傷口這些事。比利在依里亞姆的小臥房牆上掛著十分嚇人的耶穌十字架受難像，有位軍醫會邊看邊讚嘆作者如何忠實呈現耶穌的傷口（由槍矛、荊棘與鐵刺所造成）。比利的耶穌基督死得很慘，好可憐。

就是這樣。

儘管臥房牆壁上有恐怖的受難像，比利長大後並未成為天主教徒。他父親沒有宗教信仰，母親則是城裡幾間教堂的代理風琴手。母親每次有工作便帶比利同行，也會教他怎麼彈奏風琴。她總說，等到確定哪間教會的理念正確無誤就會加入它。

母親從未確定，卻對耶穌十字架受難像產生濃厚興趣。經濟大蕭條時期，這個小家庭到西部旅行，便在聖塔菲市禮品店買了個受難像。母親與多數美國人差不多，都想藉禮品店的商品使人生有意義。

後來，受難像被掛在比利・皮格利姆的臥房牆壁上。

喜愛胡桃木槍托的兩名偵察兵輕聲說該移動了，十分鐘過去，沒人來探查有沒有射中目標，並且將他們處理掉，開槍的人顯然在遠處，而且沒有同伴。

這四名殘兵爬出壕溝，這之間並無進一步駁火。他們爬進樹林中，宛如不幸的大型哺乳類。接著，他們起身，快步遠離。樹林又暗又古老，松樹整齊排列且四周毫無矮樹叢。地上雪高四吋，因此這群美國人不得不在雪地上遺留明顯足跡，看起來好像國際標準舞書籍裡的點線示意圖——踏、滑、停—踏、滑、停。

離開樹林時，羅蘭・威瑞警告比利・皮格利姆：「跟上！快跟上！」威瑞全副武裝地準備戰鬥，看起來好像特威達或特威迪[5]，又矮又壯。

威瑞將軍方配發的各種裝備與家人送的所有禮物全帶在身上，包括頭盔、頭盔內襯、羊毛帽、圍巾、手套、棉汗衫、毛汗衫、羊毛襯衫、毛衣、軍上衣、外套、大衣、棉內褲、毛內褲、毛長褲、棉襪、毛襪、戰鬥靴、防毒面具、軍用水壺、野戰餐具、急救盒、刺刀、毛毯、半片雙人帳棚、雨衣、防彈《聖經》、名叫《認識敵兵》的手冊、名叫《為何而戰》的手冊，

5 為《愛麗絲夢遊仙境》裡的大塊頭雙胞胎。

與用英文發音介紹德語詞彙的手冊，最後這本小書讓威瑞可以問德國人「總部在哪裡？」和「你們有多少榴彈砲？」之類的問題，又或者告訴他們「投降吧。你們已經走投無路」諸如此類。

威瑞還帶著巴爾沙木木塊，原本是散兵坑靠墊，他還有避孕用品盒，裡面裝著兩枚堅韌的保險套，包裝外寫著「僅供預防疾病！」他還有支哨子，說是晉升下士時才肯給人看。此外，他有張女人試圖和席德蘭矮種馬性交的猥褻照片，還數次要比利．皮格利姆欣賞。

那名女子與矮種馬站在絲絨垂布前面，垂布襯邊有毛球裝飾，人跟馬兩旁排著多立克柱，其中一根前面還擺著棕櫚樹盆栽。威瑞那張照片翻印自史上最早的猥褻圖。「照片」一詞首次於一八三九年使用，當年，路易．達蓋爾向法國科學院表示，表面有層碘化銀的金屬盤，接觸到汞蒸氣後能使圖像顯現。

一八四一年，僅僅兩年後，達蓋爾的助理安德烈．費弗雷便在巴黎杜樂麗花園遭逮捕，原因是意圖向一名男性兜售女子與矮種馬的照片，威瑞也是在那買到這張相片。費弗雷不滿地說這張圖是藝術，他只是想讓希臘神話成真，多立克柱跟棕櫚樹盆栽就是證明。

警察問他想重現哪則神話，費弗雷說關於凡人女子與馬神的神話有幾千個。

他被判監禁六個月，結果因肺炎死在獄中。就是這樣。

比利和偵察兵都是瘦子，威瑞則有脂肪可燃燒，一層層毛衣、皮帶和風衣裹在身上，使威瑞身體彷彿熱烘烘的火爐。精力充沛的威瑞在比利和偵察兵之間跑來跑去，淨講些自己編的訊息和沒人想聽的話。他比其他人還忙，所以甚至開始以為自己是裡面的老大。

事實上，威瑞全身包緊緊又那麼一頭熱，毫無危機意識，他的臉自鼻梁以下全蓋在家人送的圍巾底下，外面的世界對他來說就只是從頭盔與圍巾之間那條細縫所看到的一切。他舒適得能夠假裝自己安然離開戰地、返回家中，對父母、姊妹訴說親身經歷的戰爭故事，然而真正的戰爭故事還沒完結。

威瑞的故事劇情如下：某次德軍大進攻，威瑞與反坦克槍兵團伙伴戮力對抗，結果其他人全喪命。就是這樣。後來，威瑞與兩名偵察兵結伴，並馬上成為好朋友，決定努力返回友軍陣地。他們行動迅速，永不投降，沿途交友，且稱自己為「三劍客」。

然而，出現一個該死的大學生，身形瘦弱，根本不該從軍，他想與三劍客同行，但身上卻沒刀、沒槍、沒頭盔、沒帽罩，甚至連路也走不好，身體上上下下地移動，讓大家都急瘋了，這大學生實在可憐。三劍客又推又拉又扛，一路將大學生帶回友軍陣地，威瑞的故事這麼發展下去，他們把他從大難中救出來。

現實狀況是，威瑞往回走，想看看比利這混帳的狀況，他叫偵察兵等一下。接著，威瑞從一根低矮樹枝底下經過，枝頭撞到頭盔發出咚的一聲，但威瑞沒聽見。後來某處傳來狗吠聲，但威瑞也沒聽見，因為他的故事正是高潮，有位軍官向三劍客道賀，還說要頒發銅星勳章給他們。

「你們還需要什麼東西嗎？」軍官問道。

「有件事情，長官，」其中一名偵察兵如此回應：「接下來的戰爭，我們都希望一起行動，您是否能想辦法讓三劍客不解散？」

比利．皮格利姆在樹林中停下腳步，他閉起雙眼倚在樹邊，頭向後仰、鼻孔微張，宛如帕德嫩神廟的詩人。

這是比利首次掙脫時空拘束，他的注意力開始游移在自己的漫長人生歲月中，一直到代表死亡的紫色光芒顯現，此時比利身邊沒有其他人，沒有其他事物，只有紫色光芒以及嗡嗡聲。

接著，比利又回歸生活在世的歲月，一直退至出生前，看見紅色光芒，聽見冒泡的聲音。然後他又回歸生活在世的歲月並且停止游移，當下他是小男孩，正和父親一同在基督教青年會依里亞姆分部淋浴，隔壁泳池傳來陣陣氯味以及跳跳板的聲音。

父親說，要麼學會游泳，不然就等著溺水，讓小比利嚇得要命。父親準備把比利丟進泳池內，所以他得學會游泳才行。

當時的過程彷彿行刑，父親從淋浴間抱比利到泳池畔，這之間比利緊閉雙眼、動都不動，睜開眼時已經在泳池底部，四周環繞美妙音樂。然後他失去意識，但音樂繼續演奏著。比利隱隱感覺到有人來搭救，這使他覺得很不悅。

接著，比利時空旅行至一九六五年，他四十一歲，在松丘探視年邁的母親，上個月才把她送來這間養老院。母親感染肺炎，恐怕活不久，不過，後來其實還活了幾年。

她的聲音十分輕細，比利得把耳朵靠到她薄薄的嘴唇旁才聽得見。看來母親想說些要緊事。

「怎麼……？」實在太累了，她剛開口便又打住，恨不得比利能幫忙把後面的話講出來。

但比利不曉得母親想說什麼，只得問道：「媽，怎麼什麼？」

母親吃力地吞了吞口水，流了些淚，然後聚集殘破身軀僅有的力量，連手指、腳趾的力量都使上，最後，終於有足夠的氣力講完話：

「怎麼我會變得這麼老？」

比利的老母親去世了，一名漂亮的護士帶他離開房間。進入長廊時，正巧有床遺體從比利面前經過，那名死去的老人全身蓋著白布，在世時，他是家喻戶曉的馬拉松跑者。就是這樣。順便一提，這事情發生在比利因空難傷到頭之前，他這時還不會滔滔不絕地分享飛碟與時空旅行的心得。

比利坐在等候室內，此時的他尚未喪妻，他坐在墊子又軟又厚的椅子上，並且發覺墊子裡有東西，挖開才發現是本書，叫《斯洛維克大兵行刑記》，作者是威廉・布萊德佛・胡伊，裡頭真實記載編號三六八九六四一五的艾迪・斯洛維克大兵遭行刑隊槍決的始末，這名大兵是美國內戰以來唯一因膽小而被槍決的人。就是這樣。

比利讀到一名軍法檢察官審核斯洛維克的案例，他於評論最後寫道：當事者直接挑戰政府威信，未來之紀律取決於對此挑戰之堅決回應。若擅離職守得判死刑，此案例便當以死刑論處。這非為懲戒、處罰，而在維持紀律。唯紀律，我軍方能戰無不克。此案不該寬貸，亦無人如此主張。就是這樣。

比利在一九六五年一眨眼便時空旅行到一九五八年。他身處為小聯盟舉辦的宴會，兒子羅伯特是其中成員，從未結婚的教練正在發表感言。「老實說，」他激動得話都說不順：「我覺得就連幫這些男孩子送茶遞水也是光榮的事情。」

比利在一九五八年一眨眼又時空旅行到一九六一年。當時是跨年夜，他在派對裡喝得爛醉、醜態百出，而在場的不是驗光師就是驗光師的另一半。

戰爭使比利胃部出問題，所以他通常不喝太多酒，但那天顯然喝多了，還做出有生以來唯一一次背叛妻子瓦倫西亞的事情。他說服某位女子一起到屋內洗衣間，坐在正在運轉的燃氣烘衣機上。那名女子也醉得一塌糊塗，比利脫她束衣時，她還出手幫忙。「你想聊的是什麼？」她這麼問。

「沒關係。」比利如此回應，他的確覺得沒關係。他記不得那女人叫什麼。

「你不是叫威廉嗎？為什麼大家都叫你比利？」

比利說：「為了做生意。」的確是這樣，他那個經營依里亞姆驗光師專業學校的岳父不但幫比利開業，本身還是這方面的天才，他要比利鼓勵大家這麼稱呼他，這樣才能刻進他們腦海裡。此外，城裡沒有其他大人也叫比利，所以給人些微神祕感。還有，這也讓顧客馬上就把他當朋友。

當時大概發生了糟糕的事情，後來大家都嫌惡地對待比利及那名女子，比利恢復意識時已經在自己的車裡，想找方向盤在哪。

現在最重要的事情就是找到方向盤。首先，比利擺動雙臂，希望能幸運摸到，但顯然沒用，所以只好按部就班地仔細找，才不會找漏。比利將身子側到左車門邊，把每一吋空間都找過，沒找著便再移動身子六吋找找看，一路找到右邊車門，卻出乎意料地不見方向盤蹤影，於是他判定被人偷走了，這讓他大為光火，但下一秒便醉昏過去。

比利在車後座，所以才找不到方向盤。

有人搖醒比利，但他還是醉醺醺的，對於方向盤被偷這件事依舊惱火，可他已經回到二次世界大戰，站在德軍前線後方。搖醒他的是羅蘭．威瑞，他兩手扭著比利的風衣領口，抓他去撞樹，接著把他摔到一邊去。

比利停住，搖著頭說：「你們先走。」

「什麼？」

「你們先走，不用管我，我沒關係。」

「你什麼？」

「我不要緊。」

威瑞裹著五層從家中帶來的潮濕圍巾說道：「天啊，我最討厭看到別人生病。」比利從未見過他的臉，他曾想像過威瑞長怎樣，並聯想到魚缸裡的癩蛤蟆。

威瑞邊踹邊推地強迫比利走四百多公尺，此時偵察兵正在結凍河流的堤岸等他們，偵察兵聽見狗叫聲，也聽到有人來回喊叫，彷彿獵人發現獵物。

由於堤岸夠高，所以偵察兵的身影不會被發現。比利腳步踉蹌、姿態可笑地走近，威瑞滿身熱氣地跟在後頭，一身裝備叮噹作響。

「男孩們，他在這裡，」威瑞說：「他想死，但還是得活下去。如果上帝讓他度過這次危難，他的命就是三劍客給的。」這是偵察兵第一次知道威瑞把他們三人想成三劍客。

比利．皮格利姆站在河床上，以為自己能輕輕鬆鬆變成水蒸氣。如果大家能讓他獨處一下，他就不再會是個麻煩製造者，他會變成水蒸氣，飄在樹梢之間。

某處再次傳來狗吠聲，在恐懼、回音及蕭瑟寒冬助長下，狗吠聲如洪鐘。

十八歲的羅蘭．威瑞鑽到偵察兵中間，雙手搭著兩人肩膀問：「三劍客現在要怎麼做？」比利．皮格利姆此時躲進美妙幻覺中，想像自己穿著乾燥而溫暖的白襪在舞廳溜冰，四周有數千名觀眾加油喝采。這並非時空旅行，畢竟從來沒發生過，單純是一名鞋子滿是白雪的瀕死青年在狂想。

一名偵察兵低下頭，讓口水往下流，另名偵察兵也照做，他們在觀察口水對這場雪與歷史的微小作用。偵察兵個頭小、為人彬彬有禮，之前便曾多次身陷德軍陣地，過著林中動物般的生活，善用恐懼存活下去，且不用腦袋而靠脊髓思考。

他們掙脫威瑞友善的手臂，建議他和比利找個單位投降，這兩名偵察兵不想再等他們。

接著，他們留威瑞與比利在河床上，逕自離開。

比利．皮格利姆繼續溜冰，穿著白襪表現各種技巧，讓觀眾驚嘆連連，他轉圈，突然停住，諸如此類。歡呼聲持續不斷，但音調卻出現變化，原來時空旅行再度展開。

比利停止溜冰，並發現自己身處紐約州依里亞姆某間中式餐廳的講臺，此時是一九五七年秋天某日，時間剛來到下午，獅子會會員正在為比利選上會長而起立喝采。比利得要發表感言，他嚇得四肢發直，以為發生了什麼要不得的錯誤，這些有權有錢的人馬上就會發現自己把票投給精神異常的流浪漢。他們會發現他的聲音是如此纖弱，比利從軍時是那樣的聲音。他吞了吞口水，明白自己的聲音跟柳枝製成的哨子差不多。更糟的是，他不知道要說什麼。觀眾靜了下來，每個人都十分興高采烈。

比利張開嘴，發出低沉而宏亮的聲音，他的聲帶彷彿美妙的樂器，說的笑話博得滿堂歡笑，講的結語又令人覺得十分謙卑，造就如此奇蹟的理由是：比利上過一門公開演說課。

然後他又回到結凍河流的河床上，羅蘭·威瑞正準備痛揍他一頓。

威瑞又被拋棄了，心中滿是悲憤。他將手槍塞回槍套內，把刺刀插進刀鞘裡，那把刀三面都有血溝。接著，他抓住比利猛搖，把他的骨頭搖得嘎嘎作響，然後將他推到另一邊堤岸。

威瑞隔著層層圍巾又吼又叫，顛三倒四地講自己怎麼為比利犧牲，又大談三劍客的信念與英雄精神、德行及雅量多麼至高無上、慷慨激昂、名聲如何永垂不朽、舉止多麼符合基督精神。

威瑞認為三劍客解散全是比利害的，一定要負責，於是他朝比利下巴狠狠揍一拳，把他從堤岸揍回河床上。比利四腳朝天地躺在地上，肋骨又被威瑞踹了一腳，整個人滾到一邊。接著，比利蜷縮起身體。

「你根本不該當兵。」威瑞說。

比利身體抽搐、不由自主地發出聲音，聽起來很像在笑。「你覺得很好笑嗎？」威瑞如此質問，他走到比利背後，像剛剛那樣又揍又踹，使外套、襯衫及內衣全捲到肩膀上，因此可憐的比利背部整個露在外頭，脊椎突起的環節清晰可見，而威瑞的戰鬥靴就在幾吋之外。

威瑞抽起右腳，準備朝比利的脊椎踢過去，那裡面包藏許多重要神經，正是威瑞想破壞的東西。

就在此時，威瑞發現旁邊有觀眾，五名德國士兵牽著一隻警犬正朝河床這邊查看，他們湛藍的雙眼充滿平凡人的疑惑，不曉得為何美國人會想在離家這麼遠的地方謀殺另一個美國人，而受害者為何還笑得出來。

3

德國士兵和狗正在進行一場軍事行動，行動名稱讓人一目了然，很有趣。此一人類行為少有詳細著墨，即使僅在新聞報導或歷史報告中提及其名稱，也能讓許多戰爭迷得到類似性交過後的滿足感。在戰爭迷的想像中，它是勝利高潮之後的調情，既美妙又累人。它叫做「掃蕩」。

吠聲在寒地顯得格外凶猛的狗是母德國牧羊犬，牠全身發抖、尾巴夾在雙腿間，今早才從農夫那裡借來。這隻狗從沒上過戰場，完全狀況外，牠名叫「公主」。

那群德國士兵中有兩個男孩才十幾歲出頭，另外兩個老態龍鍾，牙齒都快掉光了。他們並非正規兵，身上的武器與衣物全從剛陣亡的士兵身上東拿西撿來。就是這樣。他們全是德軍邊界另一邊的農夫，住的地方離這裡不遠。

這群士兵的指揮官是名中年下士，他兩眼充滿血絲、骨瘦如柴、皮膚像牛肉乾一樣粗，而且已經厭倦戰爭。他受過四次傷，治療好後便重返戰場。此外，他也是非常優秀的士兵，已經準備要放棄、找個單位投降了。他那雙彎腿套著金黃色騎兵靴，是在俄羅斯前線從某個喪命的匈牙利上校那裡扒下來的。就是這樣。

這雙靴子幾乎是他在世上唯一擁有的東西，簡直就是他的家。有段趣聞是這樣的：有一次，某名新兵看他在幫靴子打蠟，他舉起一隻靴子對新兵說：「往裡面看，看得夠深就會發現亞當跟夏娃。」

比利．皮格利姆沒聽過這段趣聞，但躺在黑色冰床上的他兩眼直盯靴子表面的綠鏽，並且在那金黃深處看見亞當與夏娃，他們全身赤裸、天真無邪，同時又如此脆弱、如此有禮。比利．皮格利姆很喜歡他們。

金靴子旁邊是雙包裹著破布的腳，腳上綁著帆布條、套著一雙木鞋。比利視線向上移到鞋子主人的臉，那是一名金髮碧眼的天使，一個十五歲男孩。

那男孩和夏娃一樣美麗。

可愛的男孩宛如沒有明顯性別的天使，他扶比利起來，其他人則幫忙拍掉比利身上的雪，接著檢查他身上有沒有武器。比利沒帶武器，身上找到最危險的物品是用到只剩兩吋的鉛筆。

遠方傳來三次聲響，是德國步槍的聲音。拋棄比利和威瑞的偵察兵慘遭射殺。埋伏的德軍發現他們，從後方開槍狙擊。如今，他們在雪地中喪失生命與意識，將白雪染成覆盆子紅。就是這樣。於是羅蘭．威瑞成為三劍客的最後成員。

內心恐懼的威瑞兩眼張得老大，身上武器全被沒收。下士將他的手槍遞給美麗的男孩，接著是威瑞的無情刺刀，他用德語驚訝地說威瑞絕對想拿這把刀攻擊他、拿指環上的尖刺刮破他的臉，再一刀刺進他的肚子或喉嚨裡？下士不會講英文，而比利及威瑞則聽不懂德語。

「你的玩具很不錯。」下士邊說邊將刺刀遞給老人：「很棒的刀，不是嗎？嗯？」

他扯開威瑞的大衣和軍上衣，銅釦像爆米花般彈開。下士將手伸進威瑞敞開的胸膛，彷彿打算扯下他那顆蹦蹦跳的心臟，但最後只拿走那本防彈《聖經》。

防彈《聖經》就是一本小得可以塞進士兵胸前口袋的《聖經》，位置剛好在心臟前面，它的外皮是鋼製的。

下士在威瑞臀部口袋找到那張女人跟馬的照片。「這馬真幸運，對吧？」他表示：「嗯？嗯？你不希望自己是那匹馬嗎？」他將照片遞給另一個老人，並且說：「戰利品！全是你們的了。兄弟，你們真幸運。」

接著，下士要求威瑞坐在雪地上、脫掉戰鬥靴，那雙靴子被送到美麗男孩手上，男孩的木鞋則轉到威瑞手裡。現在，比利和威瑞都沒有恰當的戰鬥用鞋了，他們有好幾哩的路要走，威瑞的木鞋沿路發出嘎嘎聲，比利的身體則是上上下下地移動，偶爾還會撞到威瑞。

比利會說「抱歉」或者「不好意思」。

最後，他們被帶到某條路叉口的石屋內，此地為戰俘集中點。裡頭既溫暖又充滿煙霧，壁爐的火正燒得嗞嗞作響，而燃料是家具。石屋中還有其他美國人，大概二十個，全貼著牆壁坐在地上，兩眼直盯爐火，想著一切能想的事情，其實什麼也沒在想。

沒有人交談，也沒有人分享什麼有趣的戰爭經歷。

比利和威瑞各自找位置坐下，比利把頭靠在某個上尉肩膀上睡覺，那名上尉並未阻止，他其實是教士，信奉猶太教，手被子彈打穿。

比利再次時空旅行，睜開眼時發現自己正在注視翠綠色機械貓頭鷹的玻璃眼珠。那隻貓頭鷹頭下腳上地吊在不鏽鋼條上，是比利依里亞姆診所的視力檢查裝置，用來檢查屈光不正，好替病人配適當的矯正眼鏡。

比利在檢查眼睛時睡著了，女病人就坐在貓頭鷹另一邊。他以前也曾工作到睡著，一開始很有趣，但現在卻令比利擔憂，不知道精神狀態有沒有問題。比利試圖想起自己的年紀，但沒能辦到，想知道當時年份也只是徒勞。

「醫生——」病人吞吞吐吐地說。

「嗯？」比利如此回答。

「你好安靜。」

「抱歉。」

「你本來還在那邊講話，後來變得好安靜。」

「嗯。」

「檢查到什麼不好的東西嗎？」

「不好的東西？」

「我眼睛有什麼問題嗎？」

「沒有，沒有，」比利邊說邊感到睡意上身。「妳的眼睛沒問題，只是讀書時需要戴眼鏡。」他叫她到走廊另一端選鏡框。

女病人離開後，比利拉開簾子，但視線還是被活動式百葉簾擋住，看不清楚外面的狀況。他伸手將百葉簾喀啦喀啦地拉上去，燦爛陽光瞬間照射進來，外頭停滿數千輛汽車，全在一大片柏油地上閃閃發光。比利的診所在市郊某間購物中心內。

靠窗戶最近的是比利的凱迪拉克El Dorado跑車，保險桿貼著幾張貼紙，有張寫著「參觀奧瑟柏大峽谷」，另一張是「支持警察」，第三張內容說「彈劾厄爾·華倫」。警察與厄爾·華倫的貼紙是岳父給的，他是極右組織約翰·柏奇會的成員。車牌年份是一九六七，表示比利四十四歲，他問自己：「這些歲月都到哪去了？」

比利將視線移到辦公桌上，上頭有本《驗光論叢》翻開到社論那頁，比利將內容輕聲讀出來。

一九六八年發生的事情將影響歐洲驗光師未來至少五十年的命運！因此，比利時驗光師工會祕書長瓊·堤里亞特呼籲組織「歐洲驗光師公會」。他表示，如果無法鞏固專業地位，我們在一九七一年前將淪為眼鏡銷售員。

比利．皮格利姆努力思考這議題。

警報聲響起，讓比利嚇了一大跳，以為第三次世界大戰爆發了，但那聲響只是表示時間來到正午。警報器的設置地點在消防站屋頂，與比利的診所僅隔一條馬路。

比利闔起雙眼，再張開時已回到二戰場景，他的頭靠在受傷的猶太教教士肩膀上，一名德國人正在踢比利的腳，叫他醒來準備繼續移動。

包含比利在內的美國戰俘站在馬路上，像傻子般排成一排。

美國人身旁有名攝影師，是德國戰地記者，拿萊卡相機拍下比利及威瑞的腳。兩天後，照片在報紙上廣為流傳，大家都說美國很富有，但美軍裝備卻這麼差，令德國人民為之振奮。

攝影師想要拍更生動的畫面，像是俘虜戰俘的照片，因此守衛幫忙安排一個橋段，他們將比利丟進灌木林內，他走出樹叢時神情愚蠢又和悅，此時，守衛掏出手槍威嚇比利，假裝要抓他。

走出樹叢時，比利臉上那抹微笑和蒙娜麗莎的一樣特別，其實，當時他除了身在一九四四年德軍陣地行走，同時也在一九六七年駕駛凱迪拉克。一九六七年，德國已經敗退，這年充滿光明與未來，且不受其他時間點干擾。比利此時在前往獅子會午餐會的路上。那年八月十分炎熱，但比利的車子有空調，他在依里亞姆黑人貧民區某路口等紅燈。一個月前，此處居民出於對環境的怨恨而燒毀許多設施，也燒光了自己僅有的物品。這周遭景象使比利聯想到二戰時經過的某些城鎮。國民警衛隊的坦克及半履帶車來過，造成人行道多處崩塌。

某間被砸爛的商店外牆被人用粉紅色油漆寫上「自家兄弟」幾個大字。

比利的車窗被敲了一下，有名黑人站在外頭有話想說，號誌轉為綠燈，比利做了最簡單的選擇：開車。

接著，比利經過更荒蕪的區域，和大轟炸過後的德勒斯登一樣空空蕩蕩，彷彿月球表面。伴隨比利長大的屋子曾矗立在這塊地某處，這裡正在進行都市更新，預計建造全新的依里亞姆市政中心、藝術和平湖泊花園及許多住宅大樓。

比利．皮格利姆覺得這都沒關係。

午餐會講者是海軍陸戰隊少校，他表示美國不能放棄越南戰場，得要取得勝利或者讓共產勢力知道他們不能欺壓弱國。少校去過越南兩次，因此在午餐會中分享許多糟糕及美妙的見聞。在他看來，除非北越肯講理，不然美國就該繼續轟炸，把他們炸回石器時代。

比利不打算抗議轟炸北越的言論，也未因聯想到過去經歷的轟炸場景而懼怕，身為前任會長的他只是坐著和其他成員一同用餐。

比利辦公室牆壁上掛了一幅裱框禱詞，他對生命沒有太多熱情，所以這段禱詞是他堅持下去的動力，許多病人見到那段話也覺得受到激勵。禱詞內容如下：

願上帝賜我
內心平靜
來接受無法改變之事，
充足勇氣
去改變我能改變之事，
還有永恆智慧
以分辨兩者差異。

比利無法改變的事情就是過去、現在與未來。

有人介紹比利及少校認識，介紹者告訴少校比利也上過戰場，有個兒子是綠扁帽特種部隊中士，現在在越南打仗。

少校告訴比利綠扁帽表現非常出色，他真該為兒子感到驕傲。

「當然。當然驕傲。」比利說。

午餐後，比利返家小寐，醫生囑咐他每天得睡午覺，希望這樣能減輕病狀，他的病是這樣的：偶爾無來由地哭泣。他哭時極為安靜，不會淚流滿面，其他人都不曉得，只有醫生察覺。比利在依里亞姆擁有一幢喬治亞式住屋，生活環境極為優渥。他從沒想過會如此富有，有五名驗光師在購物中心的診所替他效命，每年利潤超過六萬元。此外，他還持有五十四號公路上新開幕的假日飯店五分之一股份，以及三間科威娜連鎖店的一半股份。科威娜專門賣冰淇淋，讓顧客品嘗軟綿綿的香滑感受。

比利家裡空無一人，女兒芭芭拉即將結婚，和母親到市中心挑選水晶飾品和銀器。餐桌上有張紙條是這麼寫的。現在沒僕人了，大家都不想靠家務賺錢，連狗也沒了。

他們本來養了條名叫史伯特的狗，但已經死掉。就是這樣。比利十分喜愛史伯特，史伯特也喜歡比利。

比利走上鋪著地毯的樓梯，進入臥室，房內貼著花朵圖樣的壁紙，還有張雙人床，床旁邊的桌子上有鬧鐘收音機、電毯控制器與按摩床遙控器，這套按摩設備叫「魔術手指」，也是醫生建議的。

比利脫掉三光眼鏡、大衣、領帶及鞋子，拉上百葉簾及布簾，接著躺在床罩上面。然而，睡意並未降臨，反而是淚水不斷滲出眼眶。比利啟動魔術手指，結果身體抖動的同時，眼淚依舊不停歇。

門鈴響起。比利從床上來到窗戶邊向外望，看看是不是重要人物造訪。在底下的是個跛腳男子，身體痙攣的情況跟比利時空痙攣差不多，而痙攣也使他走路一跛一拐，臉部表情變來變去，彷彿在模仿許多電影明星。

另一位跛腳人士在摁對街人家的門鈴，只有一隻腳的他拄著枴杖，整個人被緊緊夾在兩根枴杖中間，肩膀都貼到耳朵上了。

比利知道這些人想做什麼：他們推銷永遠不會出刊的雜誌，人們全因同情而訂閱。兩週前，比利才從獅子會講者那邊得知這招騙術。那位講者來自商業改進局，呼籲大家看到挨家挨戶推銷雜誌的跛腳人士就報警。

比利望向大街，看見一輛別克的Riviera停在半條街外，車裡坐著個人，猜他就是這些人的雇主，的確如此。比利繼續哭泣，邊哭邊想跛腳人士和他們的老闆，而他家門鈴響個不停。

比利閉上雙眼，然後再睜開，雖然淚沒停，人卻已經回到盧森堡，正和其他許多戰俘跨步前進，使他流淚的是冬風。

自從比利為了記者拍照而被丟進灌木叢後，他便開始看見聖艾爾摩之火[6]，那種輻射電光出現在戰俘同伴以及俘虜者頭上，也可見於盧森堡樹梢與屋頂，看起來十分漂亮。

行進間，戰俘皆得將手放在頭頂，比利走起來身體上上下下地動，結果又撞到威瑞。「不好意思。」他說。

威瑞眼眶也含淚，原因在於木鞋十分難穿，使他雙腳痛得要命。

每到交叉路口，便有更多手放在頭頂上的美國人加入，比利見到總報以微笑。所有人不斷往下坡移動，像水一般，最後，他們來到谷底一條主要公路。受盡屈辱的美國人為數上萬，長長隊伍宛如密西西比河，他們手放頭頂往東走，邊走邊哀嘆。

比利那群戰俘也匯入這條屈辱之河，此時，夕陽從雲層中露出臉，而這群美國人走在不屬於美國的路上。西向幹道上車來車往，忙著將德國預備軍載往前線，這些預備士兵個個凶狠粗暴、飽受風霜，而且牙齒和鋼琴鍵一樣大。

預備軍身披機槍彈帶，嘴叼雪茄，大口喝酒、大口吃香腸，手則撫摸著柄式手榴彈。

有名黑衣士兵坐在坦克車頂，像酒醉英雄一樣吃喝，他朝美國戰俘吐口水，口水噴到威瑞

6 傳說聖艾爾摩是守護水手的聖人。

肩膀，彷彿是授他肩帶，一條由鼻涕、血腸、香菸、果汁和烈酒混合而成的肩帶。

這個下午對比利來說實在既痛苦又刺激，他看到好多東西，像是名為「龍牙」的反坦克路障、殺人機器，以及赤裸著蒼白雙腳的屍體。就是這樣。

比利上上下下、上上下下地移動，見著一棟被槍彈掃射過的薰衣草農舍時，整個眉開眼笑。有名德軍上校站在傾斜的農舍門口，身旁站著還沒上妝的妓女。

比利撞到威瑞肩膀，威瑞嗚噎地大叫：「走好啦！走好啦！」

沿著緩上坡爬到坡頂時，便從盧森堡進入德國了。

德國邊境架設了一臺攝影機記錄光榮勝利，比利與威瑞經過邊境時，兩名身穿熊皮大衣的平民正靠在攝影機旁，膠捲已於幾個小時前拍光。

其中一個攝影師特寫比利的臉，然後又拍向遠方，遠處有道細細白煙，那裡正在打仗，人們接受死神召喚。就是這樣。

太陽下山，比利察覺自己身處火車車場，場內停滿成排車廂，載完預備軍上前線，現在準備送戰俘至德國境內。

手電筒瘋狂閃爍。

德軍將戰俘依階級劃分，中士一組、少校一組，諸如此類。比利身旁站著一群上校，其中一位肺部兩邊都發炎，因而高燒不退、頭暈目眩。他覺得整座車場都在轉動，得盯著比利的雙眼好維持身體穩定。

不斷咳嗽的上校問道：「你是我團裡的嗎？」這個男人失去一整團手下，大約四千五百人，其中其實多半還是小孩。比利沒有回答，那個問題毫無意義。

「你是哪個部隊的？」上校依舊不斷咳嗽，每次吸氣，肺都像搓揉油紙袋般沙沙響。

比利不記得自己屬於哪個部隊。

「四五〇一的嗎？」

「四五〇一？」比利疑惑地回答。

兩人沉默一陣子，最後上校這麼說：「步兵團。」

「喔。」比利．皮格利姆說。

又是一段長長的沉默，上校站在陸地上溺水，快窒息了。最後，他帶著痰音說：「是我啦！瘋狂鮑柏！」上校總叫手下稱呼他「瘋狂鮑柏」。

聽到這句話的人沒半個來自上校指揮的軍團，只有羅蘭．威瑞是，但他沒在聽，只在乎自己腳很痛。

然而，上校當作這是最後一次對親愛的手下談話，因此叫他們別覺得不好意思，咱們四五〇一軍團曾殺得德軍屁滾尿流。上校表示，戰爭結束後要在老家辦四五〇一團聚會，他住在懷俄明州的科迪市，屆時準備烤全牛。

他講話的時候兩眼盯著比利看，那番胡言亂語直竄可憐的比利腦門，在裡頭迴盪。「孩子們，願上帝與你們同在！」這句話縈繞不絕。接著，上校又說：「如果你們哪天到懷俄明州的科迪市，記得找瘋狂鮑柏！」

我去過科迪，當時老戰友柏納德．歐海爾也在。

比利．皮格利姆和許多大兵擠進一個車廂內，威瑞則在同列火車的另一節車廂。車簷角落有窄窄的通風口，比利就站在這裡。人太多、太擠，比利只得攀上空間相對寬敞的角托架，來到這裡，他兩眼與通風口平行，因此可看見約十碼外另一列火車。

德國士兵拿著藍色粉筆在車廂內記錄，寫下車廂人數、級別、國籍及上車日期。其他士兵則負責拴車門，並且拿鐵絲、尖刺跟軌道旁的垃圾增加車門穩固度。比利聽得見德軍在門外寫東西的聲音，但看不到對方身分。

比利那車的大兵大多年紀輕輕，才剛要結束童年，不過和比利一起被擠到角落的是個四十歲男子，曾經當過遊民。

「我以前餓得更慘，」遊民告訴比利：「住得更糟，這裡已經算不錯了。」

車廂另一邊的通風口傳來男人的聲音，大喊有人死了。就是這樣。四名守衛聽到喊叫聲卻無動於衷。

「唷，唷，」有個人恍恍惚惚地點頭說：「唷，唷。」

守衛沒打開有死人的車廂門，反而開了下一節車廂，裡頭的景物讓比利．皮格利姆大為入迷。那節車廂內有燭光、鋪好棉被、毯子的雙層床跟圓形鐵火爐，爐上放著沸騰冒煙的咖啡壺，桌上擺著酒、麵包、香腸，還有四碗湯。

此外，牆壁上掛著幾幅畫，內容是城堡、湖泊和美女。這是鐵路守衛隊的行動式住屋，這些守衛的職責是看顧貨物運送。那四名守衛走進車廂，關上門。

沒多久，他們叼著雪茄出來，心滿意足地用德語交談，腔調圓滑低沉。其中一名守衛發現比利的臉掛在通風口處，於是搖了搖手指，要比利安分一點。

另一節車廂的美國人再次告訴守衛有人死去，所以守衛從裝潢舒服的車廂內拿出一具擔架，進入有人死掉的那節車廂。那車廂毫不擁擠，只有六個活上校，以及一個死上校。

德國人抬出屍體，是瘋狂鮑柏。就是這樣。

當晚，有些火車頭發出嘟嘟聲上路，每列火車的最後一節車廂都綁上橘黑相間的布條為記號，意即這列火車載滿戰俘，可不是空襲目標。

戰爭即將告終，火車於十二月底東進，而戰事將於五月完結。此時德國境內的監獄全擠滿囚犯，大家都沒飯吃，沒燃料燒火取暖。但是戰俘依舊不斷增加。

比利．皮格利姆的火車掛最多節車廂，已經兩天沒跑。

「還不錯，」隔天遊民這麼告訴比利，「這根本沒什麼。」

比利從通風口向外探，此時車場全空了，只剩下車身標有紅十字的醫療用火車停在遠方支線上。那列醫療用火車發出鳴笛聲，比利．皮格利姆這列立刻回應，彷彿在說：「哈囉。」

儘管比利的車沒有動，車廂大門依舊關得死緊，抵達目的地前沒人可以下車。對於在外頭走上走下的守衛而言，這一節節車廂彷彿一個個生命體，透過通風口吃喝與排泄，也透過通風口講話或吶喊。送進去的是水、麵包、香腸與起司，跑出來的是排泄物跟語言。

車廂裡的人用鋼盔接大小便，再讓通風口邊的人倒到外頭，比利就得負責這件事。此外，守衛將水裝在水壺內，在車廂裡傳來傳去。還有，當食物送進去時，人們安靜，彼此信任又優秀，大家會共同分享。

裡頭的人輪流站或臥，站著的人雙腳好似籬笆杆，插在溫暖、扭動且會放屁、嘆息的大地上，這塊奇特的土地由一群睡眠者拼湊而成，大家都縮成湯匙狀。

現在，火車開始往東移動。

聖誕節降臨。比利於聖誕夜和遊民一起捲成湯匙狀睡覺，然後又時空旅行到一九六七年，被飛碟綁架到特拉法瑪鐸星那晚。

4

女兒新婚之夜，比利・皮格利姆輾轉難眠。他當時四十四歲，婚禮在當天下午舉辦，地點是比利家後院的布棚內，那棚子外觀橘黑相間。

比利及妻子瓦倫西亞捲成湯匙狀躺在大大的雙人床上，身體給魔術手指按摩得不住抖動。不過，瓦倫西亞不用靠按摩就能入睡，這個鼾聲如雷的可憐女人失去卵巢與子宮，負責動手術的是投資新假日飯店的其中一名合夥人。

那晚是滿月。

比利離開雙人床，沉浸在月光下，看著一身白光，他頓時覺得詭異，彷彿身上長滿冷白毛髮、布滿靜電。他低頭看看赤裸的雙腳，紫白紫白的。

比利拖著腳步走下樓，心中很清楚自己即將被飛碟綁架。走廊上暗影與月光交錯，彷彿斑馬身上的線條，而月光來自孩子們的房門，兩個孩子已經長大、都不在了。比利為恐懼與不恐懼指引，恐懼提醒他何時停步，不恐懼告訴他何時繼續移動。他停下腳步。

他走進女兒的臥室，芭芭拉房裡的抽屜空了，衣櫃也空了，臥室中間擺放所有蜜月旅行無法帶的東西。她有臺公主系列電話機，就放在窗檯上，電話機身的小夜燈直射比利雙眼。接著，鈴聲響起。

比利拿起聽筒，對方是醉漢，比利幾乎聞得到那口酒臭，是芥子氣味混合玫瑰花香。對方撥錯號碼，於是比利掛上電話。窗檯上有罐無酒精飲料，瓶身文字標榜無添加任何營養素。

比利．皮格利姆輕輕移動又紫又白的腳下樓，來到廚房，月光使他注意到餐桌上那瓶只剩一半的香檳，是棚子接待處喝剩的，現在又被人拿軟木塞塞住。「喝我。」香檳彷彿這麼說。於是比利用拇指推開軟木塞，沒有「啵」一聲，香檳已經沒氣。就是這樣。

比利看看瓦斯爐上的時鐘，飛碟來之前還有一小時，因此他走進客廳，邊走邊搖晃香檳。比利打開電視，稍微掙脫時空拘束，先倒著看電影，再順著觀賞下去。電影劇情和二戰美國轟炸機與英勇飛行員有關，倒著看的劇情發展如下：

千瘡百孔、載滿傷兵與屍體的美國飛機從英格蘭小機場倒著飛出去。行經法國時，幾架德國戰鬥機在後頭倒著飛，吸入許多從美國飛機與機員那邊飛來的子彈與砲彈碎片，然後他們也對美國的地面轟炸機做一樣的事情。接著美國飛機倒著飛回地面，和轟炸機停在一起。

整組美國機隊倒著飛過一座遭火舌吞噬的德國城市，轟炸機打開炸彈艙門、發射神奇磁力，將火焰慢慢削弱，最後全集中到圓筒狀鋼瓶裡，然後這些鋼瓶全飛進轟炸機機腹內，整齊排好。地面的德國軍隊也有像長鋼管的奇妙裝置，專門吸入從機員與機身飛來的碎片。然而，片中還是看得到受傷的美國人，有些轟炸機也已經殘破不堪。來到法國上空，德國戰鬥機再次出現。接著，所有人事物變得全新無損傷。

轟炸機回到基地後，圓筒狀鋼瓶被人取出，運回美國，而美國工廠則日夜加班拆解鋼瓶，將這些危險物品分成各種不一樣的材料。令人動容的是，這項工作主要由女性負責。後來，這些材料被運到偏遠地區的專業單位，由專業人士埋到土裡藏起來，這樣才不會傷害到任何人。

美國飛行員交出制服，成為中學生，希特勒則變成嬰孩，比利如此猜測，這並非電影情節，只是根據比利推論，大家都會變成嬰兒，而且所有人會一起生出兩個完美人類，分別叫亞當與夏娃。

比利先是倒著看電影，再順著看，然後便是到後院見飛碟的時候了。於是他踏出戶外，又紫又白的腳踩在像濕潤沙拉的草皮上。接著，比利停下腳步，大大喝了一口沒氣的香檳，味道好像七喜汽水。他不需要看天空就曉得特拉法瑪鐸星的飛碟就在那裡，而且馬上就會碰面，也馬上就會知道他們來自何處，一切都在片刻之後。

天空傳來旋律優美的貓頭鷹叫聲，但那不是貓頭鷹的聲音，而是特拉法瑪鐸星飛碟的聲響，他們穿越時空，因此對比利而言彷彿是憑空冒出來。不知哪裡的大狗開始咆哮。

飛碟直徑一百呎，周邊有舷窗，窗內射出閃爍紫光，唯一發出的聲響是貓頭鷹叫聲。它在比利頭頂盤旋，然後將他裝進一個閃爍紫光的圓筒內。此時，飛碟發出像是親吻的聲音，底部的氣密艙口應聲而開，有架階梯蜿蜒伸展出來，階梯像摩天輪般裝飾著美麗燈光。

有人從舷窗拿震擊槍射比利，使他意識癱瘓，所以他得抓穩梯子橫桿，而通電的橫桿也將他的手牢牢吸住。比利被帶進氣閘艙裡，艙口自動關閉，然後梯子捲進氣閘艙捲輪上。此時，比利才又恢復意識。

氣閘艙內有兩個窺視孔，孔中可見兩對黃色眼睛。牆壁有喇叭，特拉法瑪鐸星人沒有辦法講話，他們靠心電感應溝通。他們以電腦和某種電子風琴製造人類語言，藉此和比利溝通。

「皮格利姆先生，歡迎上船。」喇叭放送出這段話：「請問有什麼問題嗎？」

比利舔舔嘴唇，想了一會兒才問道：「為什麼選我？」

「皮格利姆先生，這問題實在很具地球特色。為什麼選你？為什麼我們這麼做？為什麼這個？為什麼那個？因為現在就是這樣啊。你看過困在琥珀裡的蟲嗎？」

「看過。」其實比利辦公室有塊紙鎮就是琥珀做的，裡頭包著三隻瓢蟲。

「嗯，皮格利姆先生，我們就被困在目前這個琥珀中。沒有為什麼。」

外星人釋放某種麻醉劑到比利呼吸的空氣中，讓他入睡，然後他被帶到一個船艙裡，綁在從西爾斯羅巴克倉庫偷來的黃色沙發椅上。這架飛碟裡滿是各種偷來的貨品，準備當作比利在動物園裡的住所配備。

飛碟以極高加速度飛離地球，使比利身體與面部扭曲，時空旅行到二戰時期。

比利恢復意識時已經不在飛碟上，而是在橫越德國的火車裡。車廂裡的人或站或躺，比利也想躺下來好好睡一覺。車廂裡外漆黑一片，感覺火車以每小時兩哩的速度行進，毫不加速。喀嗒、喀嗒，從這個軌道接合處到下個接合處要花許多時間，每次喀嗒聲代表一年過去，然後又是下個喀嗒聲。

火車常停下來讓其他重要列車呼嘯經過，也會在靠近監獄的支線停留，送走幾節車廂。火車緩慢地橫越德國，愈跑愈短。

比利慢慢躺平，同時抓住角托架，好讓躺著的人感覺不到他的重量。他曉得必須這樣無聲無息地躺下，但已經忘記原因。不過，馬上有人提醒他。

「皮格利姆——」等一下要睡在比利旁邊的人說，「是你嗎？」

比利不作聲，只是很有禮貌地捲起身子睡覺。

「媽的，」那個人說：「是你，對吧？」他坐起身，雙手在比利身上摸來摸去。「沒錯，是你，滾去其他地方。」

比利坐起身，覺得自己悲慘到想哭。

「滾開！我要睡覺！」

「閉嘴。」有人說。

「皮格利姆離開，我就閉嘴。」

於是比利又站起來，攀到角托架上。「那我能睡哪？」他小聲地說。

「別跟我睡。」

「混蛋，別睡我旁邊，」另一個人說：「你老是又叫又踹。」

「有嗎？」

「你他媽就是會這樣，而且還會哭。」

「有嗎？」

「皮格利姆，滾邊去。」

車廂裡，幾乎所有人都唱起冷酷的小夜曲，訴說與比利共眠的苦痛故事，大家都要比利滾開。

因此，比利只能選擇站著睡覺或不睡。食物不再從通風口送進來，日夜天氣變得愈來愈冷。

到了第八天，四十歲遊民告訴比利：「這不算糟，我到哪都能過得很舒適。」

「是嗎？」比利如此回答。

第九天，遊民死了。就是這樣。他的遺言是：你覺得這樣很糟嗎？其實還不壞。

第九天和死亡關係密切，比利的車廂前面那節也有人死掉，羅蘭．威瑞死於壞疽，病根是潰爛的腳。就是這樣。

精神近乎失常的威瑞不斷重複三劍客的故事，還說自己快死了，希望大家替他帶音信給匹茲堡的家人。最重要的是，他想報仇，所以一而再、再而三地提謀殺他的凶手姓名，那車廂裡的人全好好上了一課。

「是誰殺我的？」威瑞會這麼問人。

大家都知道答案是「比利．皮格利姆」。

聽好，第十天晚上，比利那節車廂的門栓被拉開，大門再度開啟。比利．皮格利姆抓住角托架，整個人掛在上面，抓住通風口的雙手又紫又白。門開時，比利咳嗽一聲，結果屁股跟著拉出一些稀便，這剛好符合牛頓第三運動定律，每個動作都會有作用力與反作用力。

這在火箭研究中非常有用。

火車抵達某監獄附近的鐵軌支線，這監獄本來是俄國戰俘處決地。

守衛表情嚴肅地掃視車廂內部，低聲交談，他們沒處理過美國戰俘，但對於這類任務十分熟悉，他們知道戰俘就像水，可以低聲導引朝光亮處流動。現在是夜晚。

車廂外唯一的光線來自遠方高處某根杆子上的燈泡，外頭萬籟無聲，只聽得見守衛低聲交談。水開始流動，先是匯聚在車廂門口，然後濺到地上。

比利是倒數第二個穿過車廂門口的人，排在最後的是遊民，他已經無法流動或飛濺，已經不再是液體，而是石頭。就是這樣。

比利不想要從車廂跳到地上，他真心認為自己會像玻璃一樣碎裂，因此守衛扶他下來，同時仍舊低聲交談。他們讓比利面朝火車下車。現在火車看起來好短。

火車只剩車頭、煤水車及三節小車廂，而最後那節是鐵路守衛隊旅途中的天堂，這個天堂車廂內桌子擺設妥當，晚餐也準備好了。

懸掛燈泡的杆子底部有三堆東西，看起來像乾草，美國戰俘被又推又拉地趕來那三堆東西旁邊。結果那根本不是乾草，而是喪命囚犯遺留的大衣。就是這樣。

守衛強烈要求沒大衣的人皆得拿一件，那些外套全和冰凍結在一起，因此守衛得拿刺刀戳開，從領子、摺邊到袖口，慢慢將大衣從冰塊中挑出來，再隨便遞給任何一名戰俘。這些硬邦邦的外套剛從衣服堆被挖起來，形狀還是圓弧形。

比利．皮格利姆拿到的大衣也又皺又冰，而且尺寸好小，根本像比較大頂的黑色三角帽，衣服上面那些黏膩污漬好像曲軸箱流出來的油或好久以前沾到的草莓醬。此外，大衣上面似乎還黏著一隻死掉的毛茸茸動物，不過，那其實是毛領子。

比利悶悶地觀察別人的大衣，發現他們的皆有裝飾，如銅釦、金屬裝飾、滾邊、編號、條紋、老鷹、月亮或星星，那些全是軍大衣，比利是唯一拿到平民外套的人。就是這樣。

守衛要比利及其他戰俘繞過那列短火車，進入戰俘營，營裡既不溫暖也死氣沉沉，只有數千間綿延不絕、漆黑一片的低矮小屋。

某處傳來狗吠聲，在恐懼、回音及蕭瑟寒冬助長下，狗吠聲如洪鐘。

守衛哄著要所有戰俘穿越一扇扇大門。此時，比利見到第一個俄國人，衣衫襤褸的他獨處於夜色中，圓圓胖胖的臉如鐳鍍盤般發亮。

比利離他約一碼遠，彼此之間隔著鐵絲網，俄國人見比利經過並未揮手或打招呼，但卻滿懷希望地注視比利，彷彿他會帶來什麼好消息——即使他很笨，不懂消息內容，但好消息總歸就是好消息。

穿越重重大門時，比利昏了過去，恢復意識時，以為自己來到特拉法瑪鐸星上某棟建築物內，裡頭明亮得刺眼且貼滿白色瓷磚，其實他還在地球，在除蝨站裡，所有新戰俘都得先來這裡報到。

比利依照指示脫去衣物，這也是特拉法瑪鐸星人叫他做的第一件事。

一名德國人以拇指與食指測量比利的右上臂，然後問同事，為什麼有人會把這麼弱不禁風的人送上前線。接著，他們繼續檢查其他戰俘的身材，挑出許多跟比利一樣弱的人。

身材最好的是一名最年長的美國人，他原本在印第安那波里市擔任高中教師，名字叫艾德加·德比。他之前被關在威瑞那節車廂，威瑞死時頭就靠在這名教師手臂上。就是這樣。德比四十四歲，年紀算大，甚至有個孩子為太平洋戰場的海軍效力。

德比於這把年紀投筆從戎，這之前，他在印第安那波里教授「西方文明之當代問題」，而且還是網球隊教練，把身體保養得很好。

德比的兒子能活過二戰，但他就沒辦法了，六十八天後，他那副健壯身材將會被德勒斯登行刑隊射成蜂窩。就是這樣。

美國戰俘中體格最差的不是比利，而是來自伊利諾州西賽羅市的偷車賊，他叫保羅·拉薩羅，身形瘦小的他不但骨骼、牙齒不健全，皮膚也很噁心，布滿硬幣大小的傷疤與膿瘡。

拉薩羅之前也被關在威瑞那節車廂，還向威瑞保證會找比利·皮格利姆報仇，他兩隻眼睛四處張望，想知道哪個裸體男人是比利。

白色瓷磚牆壁上有許多蓮蓬頭，脫去所有衣物的美國人各自站在不同蓮蓬頭底下，他們面前沒有水龍頭控制開關，只能默默等待。大家的老二都冷到縮起來，反正今晚的重點也不是傳宗接代。

一隻看不見的手打開主開關，蓮蓬頭馬上噴出滾燙熱雨，那些水十分燙人，打在比利身上絲毫無法消除骨子裡的寒意。

於此同時，美國人的衣物正泡在毒氣瓦斯裡，數十億體蝨、細菌和跳蚤全數歸天。就是這樣。

比利回到嬰兒時期，母親剛替他洗完澡，把他包裹在浴巾裡，抱進充滿陽光的玫瑰色房間內。母親打開浴巾，讓他刺刺癢癢地躺在毛巾上，然後在比利兩腿抹爽身粉，並且拍打玩弄他的小肚子，手掌拍在小肚子上發出啪噠啪噠的聲音。

比利發出咯咯聲回應。

接著，比利再度成為中年驗光師，於某個夏季星期天炎熱早晨打高爾夫球，此時他不再上教堂。他和其他三名驗光師打球，目前在草地上玩到第七桿，他正準備推桿。

洞在八呎外，比利順利將球送進洞內，當他把球掏出來時，太陽已然躲到雲層後面。比利一時感覺暈眩，回神時已經離開高爾夫球場，身體再度被綁在飛碟白色船艙的黃色沙發椅上，目前正往特拉法瑪鐸星前進。

「我在哪裡？」比利．皮格利姆問道。

「皮格利姆先生，你被困在另一個琥珀珠裡，我們就在我們必須抵達的地方，目前離地球三億哩遠，準備曲速飛行至特拉法瑪鐸星，過程約幾個小時。」

「我是怎麼……怎麼來的？」

「這問題要由另一個地球人回答你，地球人最會回答問題，像是解釋為什麼這件事情要這樣做、其他事情如何完成或者避免。我是特拉法瑪鐸星人，看待時間的態度一如你注視落磯山脈，時間就是時間，絲毫不會改變，也不用發出警訊或提供解釋，時間就是那樣。只要你以片刻為單位來看待時間，就會發現我們都是琥珀裡的蟲子，一如我之前所說。」

「我覺得你好像不相信自由意志。」比利．皮格利姆說。

特拉法瑪鐸星人表示：「要不是我曾花費許多時間研究地球人，我不會知道『自由意志』是什麼。我曾造訪宇宙中三十一顆有生物居住的星球、讀過一百多份報告，但只有地球人會講自由意志。」

5

比利．皮格利姆表示，特拉法瑪鐸星人不覺得宇宙充滿許多小亮點。他們看得見那些星體從何而來、往哪裡去，因此他們眼裡的天空滿是一條條細薄明亮的義大利麵線。此外，他們也不把人類當成兩隻腳的動物，而是有上千條腿的生命體，根據比利的形容：「一端是嬰兒的腿，另一端則是老人的腿。」

飛往特拉法瑪鐸星的旅程中，比利說想讀些書，特拉法瑪鐸星人擁有五百萬本地球書籍，但全轉換成膠片，所以無法在比利的船艙裡放映。他們只有一本實體英文書，準備在特拉法瑪鐸星博物館展示，書名叫《娃娃谷》，作者為賈桂琳．蘇珊。

比利邊讀邊覺得有些內容寫得很棒，因為書中人物經歷各種高、低潮。然而，比利不喜歡重讀同樣的高、低潮情節，於是詢問是否有其他書可讀。

「只剩特拉法瑪鐸星的小說，恐怕你看不懂。」牆上的喇叭如此放送。

「先讓我看看吧。」

因此，他們給比利好幾本小說，那些書體積不大，十幾本合起來的量大概才等同《娃娃谷》，裡頭也有各種高、低潮。

比利當然讀不懂特拉法瑪鐸星語，但至少可以看那些小說的內容長怎樣。書裡有許多簡短符號，每段皆由星號分隔，比利說那一段段符號感覺像電報。

「沒錯。」喇叭那邊的聲音說。

「這些是電報嗎？」

「那些不是特拉法瑪鐸星的電報，但你猜得沒錯，每段符號都是簡短、緊急的訊息，用來描述某種狀況或場景。我們特拉法瑪鐸星人習慣一次看所有訊息，不逐一閱讀，除非作者特意安排，否則訊息之間並無特殊關聯，也因此，一次讀所有訊息能讓我們看到美麗、驚人而深奧的生命意象，一切沒有起承轉合、沒有懸疑情節、沒有道德論述、沒有原因、沒有結果，我們之所以喜愛這些書籍，在於一次讀所有訊息便能一次看到許多美妙片刻。」

片刻後，飛碟開始曲速旅行，將比利彈回童年時期，當時他十二歲，全身發抖地和父母站在大峽谷的光明天使小徑上，這個小型家庭從這裡俯瞰一哩下的大峽谷谷底。

「呃——」比利的父親邊說邊將一顆石頭踢到空中，「我們到了。」他們開車來到這處名勝景點，沿途還遭遇七次汽車爆胎。

「真是不虛此行，」比利的母親興奮地說：「噢，天啊，真是太值得了。」

比利很討厭大峽谷，覺得自己隨時都會摔下去，母親只摸他一下就害他嚇得尿褲子。

周圍還有其他遊客也在俯瞰大峽谷景色，一名國家公園管理員負責回答各種問題。有個法國來的遊客操著破英文問，跳谷自殺的人多嗎？

「是的，」管理員表示：「每年大概三個。」就是這樣。

接著，比利穿越一段很短的時空，只相差十天，因此他仍舊十二歲，也還和家人在西部旅行。此時他們身處卡爾斯巴德洞窟國家公園，洞窟裡的比利不斷向上帝禱告，希望他能在洞穴崩場以前脫身。

一名管理員解釋道，有個牛仔注意到一大群蝙蝠從地面洞穴飛出來，才發現這些洞窟。接著，管理員表示要將所有燈光關掉。對多數遊客而言，這或許是人生首次伸手不見五指。

燈光熄滅後，比利甚至感覺不出自己到底是生是死，後來他感覺有樣東西在身體左邊漂浮，那東西上面有數字，原來是父親的鐳鍍懷表。

比利從全黑進入全亮，發現自己回到戰場上，再次身處除蝨站。此時淋浴結束，看不見的手已將水龍頭轉上。

比利拿回衣服時其實沒變比較乾淨，只是住在裡頭的小動物全死了。就是這樣。他的新大衣已經解凍，變得軟綿綿的，但尺寸依舊太小。那件大衣有毛領口及深紅絲綢內襯，彷彿歌劇表演者的外套，但大小只適合風琴手的猴子。此外，大衣上頭到處是彈孔。

比利・皮格利姆穿好衣服、套上小外套，外套背後及肩膀部位全綳開，袖子也不貼身，看起來反而像毛領背心。原本大衣的設計是在腰間呈喇叭形放大，現在卻移到比利腋下，德國人見了都覺得這是二次世界大戰最好笑的景象之一，讓他們笑個不停。

接著，德國人要求大家以比利為中心排成五隊，再次行進穿越一扇扇大門，遇見更多臉龐發亮的飢餓俄國人。被熱水激勵後，美國人比剛剛更有活力，他們來到一間屋舍，有個獨臂、獨眼的下士在這裡記錄每名戰俘的名字及編號。此時，大家才又活過來，在被登記名字與編號之前，他們都被認為已經失蹤，甚至死亡。

就是這樣。

美國人等著繼續前進時，隊伍最後面那排傳來吵架聲，原因是有名戰俘說了些守衛不喜歡聽的話，那個德國人懂英文，於是將抱怨的戰俘揪出來、揍倒在地。

那個美國人嚇呆了，滿口鮮血地站著發抖，他被打斷兩顆牙齒，但其實剛剛只是講了些無心的話，沒料到守衛聽得懂。

「為什麼揍我？」他問守衛。

守衛將他推回隊伍中。「威什麼揍你？威什麼不揍別人？」他帶著腔調回答。

比利．皮格利姆的名字登記於戰俘營紀錄簿上面後，也得到一組編號以及標明所屬編號的金屬牌子，負責將編號打到牌子上的是名波蘭奴工，但他已經死了。就是這樣。

守衛要比利將戰俘營的鐵牌和美軍鐵牌都掛在脖子上，比利乖乖照做。鐵牌跟蘇打餅乾一樣中間有打洞，所以壯漢徒手便能折成兩半。如果比利喪命（當然他沒死），鐵牌一半會掛在屍體上，另一半則掛在墳頭。

可憐的高中教師艾德加．德比在德勒斯登被處決後，一名醫生宣布他喪命，然後他的牌子便被折成兩半。就是這樣。

登記與領牌後，美國戰俘再次穿越重重大門。兩天後，他們的家屬便可從國際紅十字會那邊得知他們還活著。

保羅．拉薩羅走在比利身旁，他答應羅蘭．威瑞要幫忙報仇，但他這時在乎的不是這件事，而是劇烈腹痛。拉薩羅的胃縮得跟核桃一樣小，之前那記老拳讓他痛得不得了。即將喪命的可憐德比走在拉薩羅旁邊，他胸前吊著美國和德國鐵牌，看起來好像項鍊。由於德比夠聰明、夠年長，原本預計會成為上尉或指揮官，但如今，在這子夜時刻，卻身處捷克斯洛伐克邊境。

「停。」一名守衛喊道。

美國人停下腳步，默默站在冷風中，周遭屋舍跟之前經過的那幾千間外觀相同，但有個地方不同：這裡的屋舍有金屬煙囪，正噴出點點火花。

守衛敲了敲門。

屋門朝外打開，光線從裡頭放射出來，以每秒十八萬六千哩的速度飛離這座監獄。屋裡走出五十名中年英國人，嘴裡唱著歌舞電影《潘贊斯海盜》裡的歌曲：「歡迎！歡迎！我們全在這裡。」

這群精力充沛、氣色紅潤的歌手是二戰第一批被抓的英國戰俘，對著可能是最後一批戰俘的美國人吟唱。他們四年多來沒見過女人或小孩，也沒看過半隻鳥，戰俘營連麻雀都不想來。

這些英國人全是軍官，皆曾試圖從另一座監獄逃走，有的還試過不只一次，但現在他們被關在這裡，被一大群快死的俄國人重重包圍。

他們可以隨意挖地道，但挖出地面時要麼被鐵絲網圍住，不然就是碰到快死的俄國人，這些人不會英文、沒有食物、茫然無知且心裡毫無脫逃計畫。這些英國人可以想辦法躲在車上離開，或者直接偷一輛，但根本沒有車會開進來。他們也可以裝病，可是不可能因此被送到外面，這座監獄唯一的醫院就是英國俘虜區的那六張床。

這群英國人衣著乾淨、待人熱情、舉止體面、身體健壯，他們唱得非常棒，過去幾年來，每晚都要唱歌。

此外，他們這幾年也都會做重量訓練和拉單槓，這使他們腹部和洗衣板一樣平，小腿及手臂肌肉像砲彈一般厚實。這些英國人還擅長玩西洋棋、橋牌、克里巴基牌、骨牌遊戲、拼字遊戲、猜字謎、桌球和撞球。

在飲食方面，他們可說是歐洲最不愁吃的人。戰爭初期，食物可配給到監獄，有名神職人員出錯，原本紅十字會每個月配給五十箱食物給這座監獄，卻筆誤成五百箱。這群英國人妥善使用這批食物，因此，在戰爭即將告終的此時，他們還有三噸糖、一噸咖啡、一千一百磅巧克力、七百磅菸草、一千七百磅茶葉、兩噸麵粉、一噸罐頭牛肉、一千兩百磅罐頭奶油、一千六百磅罐頭起司、八百磅奶粉及兩噸橘子醬。

他們將這些配給貯藏在沒有窗戶的房間裡，還將罐頭壓平成金屬片、包在食物外面，以免老鼠偷吃。

德國人很欣賞這群英國人，覺得他們的作風非常英式，令戰爭變得有風格、有道理、有趣味。也因為這樣，雖然一間屋舍便夠這些英國人居住，德國人卻給他們四間，並且拿修理屋舍用的油漆、木材、鐵釘及布料來換咖啡、巧克力或菸草。

這群英國人早在半天之前就曉得有群美國人即將到來，這裡從來沒有造訪者，所以英國人像可愛的小精靈般清掃屋舍、準備餐點、拿稻草及麻布袋製作床墊、擺桌子、到處放置派對裝飾。

在這寒冷冬夜，身上散發食物香氣的英國人對著客人高唱歡迎歌，他們的衣著又像戰鬥裝，又像網球或槌球服，在屋裡準備了各種食物。他們既激動又開心，以致沒去注意客人的反應，只把他們當成剛歷經顛簸的同袍。

英國人熱情地拉著美國人進入屋舍，使夜晚充滿男人間的雜言亂語。英國人叫他們「美國佬」，說他們「幹得好」，還保證「傑瑞[7]快逃了」，諸如此類。

比利．皮格利姆暗想，傑瑞是誰？

比利來到屋內，坐在紅通通的鐵爐旁，爐上十幾支茶壺的水全沸了，有些開始吱吱作響。此外還有一只像是巫婆在用的鐵鍋，裡頭滿是金黃濃湯，比利兩眼直盯那鍋湯，看著裡頭的氣泡慢條斯理地噴出來。

英國人為這場宴會準備不少長桌，每張桌子皆有奶粉罐做成的碗，另外比較小的罐子是飲料杯，細長一點的罐頭則當玻璃杯，每個杯子都裝了暖熱的牛奶。

每個座位上都有一把刮鬍刀、一條毛巾、一組刮鬍刀片、一條巧克力棒、兩根雪茄、一塊肥皂、十根香菸、一盒火柴、一枝筆及一根蠟燭。

其中只有蠟燭跟肥皂是德國人做的，兩者都散發鬼魅般乳白色光澤。雖然英國人無從得知，但這些蠟燭與肥皂其實是用猶太人、吉普賽人、同性戀、共產黨員與其他敵人的脂肪做

7　一戰時，英國人暱稱德國人為Jerry，因為音似German，之後便開始沿用。

成。

就是這樣。

宴會場地以燭光照亮，桌上備有成堆剛出爐的白麵包，還有許多奶油及果醬。此外，罐頭牛肉也被盛裝上盤，之後還會送上熱湯、炒蛋和熱騰騰的果醬派。

比利發現屋舍一隅有幾道粉紅色拱門，上頭掛著藍色帘布，此外還有一個大鐘、兩座黃金王位、一只水桶及一根拖把，這是今晚餘興節目的場景、道具，演出內容是大家最耳熟能詳的《灰姑娘》，但是歌唱版。

比利．皮格利姆離火爐太近，結果衣服著火，他的外套摺邊燒了起來，那火無聲無息又慢條斯理，彷彿在燒乾柴。

比利心想，不知道這裡有沒有電話，他想打給母親報平安。

此時屋舍內鴉雀無聲，英國人驚訝地直視這群剛剛又唱又跳迎接進來的骯髒傢伙，有個英國人發現比利衣服著火，於是大喊：「小伙子，你著火了！」接著，他將比利從爐邊拉走，並徒手將火拍熄。

比利未做任何回應，結果英國人問他：「你會講話嗎？聽得見嗎？」

比利點點頭。

這名英國人滿心憐憫地在比利身上亂摸。「天啊——他們對你做了什麼？你根本不成人形，簡直像破風箏。」

「你真的是美國人嗎？」這位英國人問。

「是啊。」比利如此回答。

「哪個位階？」

「大兵。」

「你的靴子呢？」

「不記得了。」

「這件外套是在整人嗎？」

「您的意思是？」

「你從哪找來這件外套的？」

比利認真回想，最後才回答：「他們給我的。」

「傑瑞給的？」

「誰？」

「德國人給你的嗎？」

「對。」

比利不喜歡這些問題，那讓他覺得好疲憊。

「噢——美國佬啊美國佬——」英國人說：「那件外套根本是侮辱。」

「您的意思是？」

「他們故意想羞辱你，絕不能讓傑瑞得逞。」

比利．皮格利姆暈了過去。

他恢復意識時坐在面向舞臺的椅子上，已經吃過，現在正在看《灰姑娘》，而且看得很開心，讓他哈哈大笑。

劇裡的女角都是男人扮演，大鐘剛指向十二點，灰姑娘哀嘆：

天啊，鐘聲已響——

哎呀，我真倒楣。

比利覺得這兩句話很有趣，令他激動大笑，笑到被人扛出屋舍，帶進那個有六張床的醫院內，裡頭沒半個病患。

比利被綁在床上、注射嗎啡，有一個美國人志願留下來看顧，那個人是高中教師艾德加．德比，之後會在德勒斯登被槍殺。就是這樣。

德比坐在三腳凳上，手裡拿著一本書，書名叫《紅色英勇勳章》，作者為史蒂芬．克雷恩。德比讀過這本書，比利神遊嗎啡天堂的此時，他又重讀一遍。

注射嗎啡後，比利夢到一座有許多長頸鹿的園子，牠們沿著碎石路往前走，然後停下來吃樹梢上的蜜梨。比利也變成長頸鹿，咬了顆梨子卻發現太硬，牙齒咬不爛，吃不到裡頭的汁。這群長頸鹿將比利視為同類，和牠們一樣無害，其中兩隻原本站在路對面的長頸鹿走過來挨著比利，牠們的嘴唇又長又厚，可以捲成喇叭狀。這兩頭長頸鹿張嘴親吻比利，牠們是母的，身體分別為乳黃色及檸檬黃，角長得像毛茸茸的門把。

為什麼是這樣？

夜色降臨至長頸鹿住的園子裡，比利入睡後有段時間沒作夢，接著便展開時空旅行，醒來時頭蓋在被子底下，人在紐約州普萊西德湖附近的榮民醫院，身處無暴力行為精神病患病房中。此時正值一九四八年春季，二戰結束已三年。

比利將頭探出被子外，病房內的窗戶敞開，外頭鳥叫聲唧唧，有隻鳥問他：「樸－提－威？」太陽高掛在空中，這房間裡還有其他二十九名病患，但他們目前全在戶外享受日光。這些病人可以自由來去，甚至能回家，比利．皮格利姆也能如此。然而，他們對外頭的世界感到驚恐，於是自願住院。

比利當時正在攻讀驗光師學位最後一年的課程，沒人想到他的精神狀況會出問題，大家都覺得他看起來很好，但他如今人在醫院中，醫生也認為他瘋了。

大家都不覺得比利的疾病與戰爭有關，反而認為主因是比利小時候被父親丟進基督教青年會的泳池裡，還有被帶去大峽谷邊緣。

隔壁病床的是前步兵團上尉艾略特·羅斯瓦特，他身體不適且厭倦整天神智不清的感覺。羅斯瓦特帶比利進入科幻小說的世界，其中以齊爾果·特洛特的作品最常被提及。羅斯瓦特的病床底下藏了許多科幻小說，當初還是裝在行李箱搬來的。這些寶貝小說書身老舊，散發出類似棉質睡衣一個月沒換洗或愛爾蘭燉菜的味道。

那之後，齊爾果·特洛特成為比利最喜歡的在世作家，科幻小說也成為他唯一讀得了的類別。

羅斯瓦特比比利聰明兩倍，但卻面臨同樣的危機，他們都覺得人生毫無意義，其中部分原因是在戰場上看過太多事情。譬如，羅斯瓦特曾射殺十四歲消防員，因為當時誤以為對方是德國士兵。就是這樣。而比利則親身經歷歐洲史上最慘烈的大屠殺，也就是德勒斯登大轟炸。就是這樣。

因此他們想創造出新的自己以及屬於他們的宇宙，而科幻小說可謂助益良多。

有一次，羅斯瓦特向比利提及某本不帶科幻色彩的小說，他說，杜思妥也夫斯基的《卡拉馬助夫兄弟們》將人生描述得淋漓盡致，「但放到現代已顯不足」。

還有一次，比利聽見羅斯瓦特對一名精神科醫師說：「你們老得想出很多美妙的新謊言，免得有人就是不想活下去。」

比利臥室裡、床邊的小桌子上有些靜物——兩顆藥丸、一只菸灰缸上面擱著三根沾有口紅唇印的香菸、一根還沒熄滅的香菸及一杯水，水是死的。就是這樣。空氣想掙脫死水，氣泡抓住玻璃杯壁不放，但無力往水面爬。

那些菸是比利母親抽的，她一次能抽好幾根，而現在人剛好去上廁所。廁所的對面是另間精神病房，供精神失常的陸軍女兵、女性志願急救隊、海岸防衛隊及空軍女兵居住療養。比利的母親隨時會回來。

比利再次拿毯子蓋住頭，每次母親來探視時他都這樣，探視後病況更為嚴重。這麼做並非母親長相醜陋、有口臭或者脾氣壞，比利的母親其實是個個性敦厚、穿著得體、受過高中教育的棕髮白人女性。

她讓比利不開心的原因就只是她是他母親，費盡心力將他養大，他卻厭倦人生，一想到此，比利便無地自容。

比利聽見艾略特・羅斯瓦特進房，躺到床上，光聽床彈簧的聲音就曉得。羅斯瓦特塊頭不小，但力氣不算大，外強中乾。

接著，比利的母親回到病房，坐在比利與羅斯瓦特病床中間的椅子上。羅斯瓦特語氣和悅地向她打招呼，問她今天過得怎樣，聽到比利母親說過得不錯，羅斯瓦特似乎很開心，其實他是在實驗，想藉由與所有人親切互動，看看能否讓這個世界生活起來稍微美好一點。他以「親愛的」稱呼比利的母親。他這樣稱呼每個人，這也是實驗的一部分。

「有朝一日，」她向羅斯瓦特保證：「我來的時候比利會探出頭來，你知道他會說什麼嗎？」

「親愛的，他會說什麼？」

「他會說：『哈囉，媽。』然後對我笑一笑，再繼續說：『天啊，真高興能見到妳，最近過得怎樣？』」

「搞不好今天就會成真。」

「我每晚都這樣祈禱。」

「這是好事。」

「如果人們知道祈禱者對這世界的貢獻，一定會感到十分驚訝。」

「親愛的，妳講得真是沒錯。」

「你母親常來探望嗎？」

「我母親已經過世了。」羅斯瓦特如此表示。就是這樣。

「不好意思。」

「至少她在世時過得很開心。」

「這多少令人覺得欣慰。」

「沒錯。」

「其實比利的父親已經走了。」比利的母親說道。就是這樣。

「男孩子需要父親。」

天天禱告的笨婦女及滿口親愛言語的空心大塊頭，雙重奏如此不間斷地延續下去。

「這件事發生時他是班上成績最出色的學生。」比利的母親表示。

羅斯瓦特問：「是不是他太認真了？」他拿起一本想看的書，但礙於禮貌而不敢翻開閱讀，只是繼續給予比利母親滿意的回應。羅斯瓦特手中的書叫做《四度空間狂人》，作者為齊爾果・特洛特，內容描述有些精神病患無法被治癒，這是因為使他們發瘋的是四度空間裡的東西，身處三度空間的醫生既看不見也無法想像。

羅斯瓦特格外喜歡這個概念：特洛特說世界上真的有吸血鬼、狼人、哥布林地精和天使等等，但他們全住在四度空間。特洛特也說，羅斯瓦特最喜歡的詩人威廉・布雷克也在四度空間，天堂與地獄也是。

「他和一個十分有錢的女孩訂婚。」比利的母親說。

「很好啊，」羅斯瓦特回答道，「有時候財富能帶來很舒適的生活。」

「的確如此。」

「當然啊。」

「花錢老是錙銖必較真的很不好過。」

「有些餘裕比較好啦。」

「女孩的父親經營比利就讀的驗光師學校，此外還在這附近開了六間診所，遠行有私人飛機，夏天可以到喬治湖度假。」

「那座湖很美麗。」

蓋在毯子底下的比利沉沉睡去，醒來時，人被綁在戰俘營醫院的床上，他睜開一隻眼，看見可憐的德比正靠在燭火旁讀《紅色英勇勳章》。

比利閉上那隻眼睛，看見記憶中未來的德勒斯登廢墟，可憐的老德比站在行刑隊面前。那支行刑隊只有四個人，比利聽說每支行刑隊慣例會有名隊員使用空包彈，可是這支隊這麼少人，而且戰爭已經打那麼久，應該不會有人用空包彈了。

英國戰俘的頭頭進來查看比利的狀況，他是步兵上校，在敦克爾克遭俘虜，替比利注射嗎啡的就是他。這個戰俘營裡沒有人當過醫生，所以相關事務全由他處理。「病人怎樣了？」他這麼問德比。

「昏死過去了。」

「沒有真的死掉吧？」

「嗯。」

「真好——毫無感覺卻還活著。」

德比神情哀傷地做了個立正動作。

「別這樣，請不要這樣，維持剛剛的態度就好，現在每個軍官只有兩名手下，而且所有手下都生病，軍官與下屬之間的禮數就免了吧。」

德比依舊站著。「你看起來比其他人年長。」上校表示。

德比說自己已經四十五歲，比上校大兩歲，上校說其他美國人都刮掉鬍子，只剩德比跟比利沒刮，然後又說：「你知道的——我們只能想像目前的戰事發展、想像如我們一般逐漸老去的士兵在戰場上廝殺，但卻忘記真正打仗的是群小嬰孩。看著他們刮去鬍子的臉，我實在吃驚。我心裡想：『天啊，天啊，根本是兒童十字軍。』」

上校問老德比被俘虜的過程，德比說自己和其他近百名驚嚇不已的士兵躲在樹叢裡，當時戰爭已進入第五日，這一百名士兵被坦克趕進樹叢中。

接著，德比描述起一群地球人想終結另一群地球人時所創造出來的天氣，鐵殼在樹頂爆開，發出砰砰聲，天空下著刀雨、針雨，黃銅包裹的鉛塊擦過樹身，那呼嘯聲比音速還快。現場許多死傷。就是這樣。

砲擊停止後，躲在某處的德國人拿著擴音器向美國人喊話，要他們放下武器、雙手放在頭頂，走出樹林，否則砲擊將重新展開，直到所有人全喪命為止。

於是美國人丟掉武器，兩手放在頭頂走出樹林。他們希望能活下去，如果可以的話。

比利再次時空旅行到榮民醫院，毯子還蓋在頭上，毯子外寂靜無聲。比利問：「我媽走了嗎？」

「沒錯。」

比利從毯子底下偷偷張望，現在坐在椅子上的是未婚妻，叫瓦倫西亞．梅爾柏。瓦倫西亞是依里亞姆驗光師專業學校經營者的女兒，非常富有，她很喜歡吃，所以身材壯碩，就連現在嘴巴也沒停，正在品嘗三劍客巧克力棒。瓦倫西亞戴著三光眼鏡，那副外型滑稽的鏡框鑲著假鑽石，與手指上的訂婚鑽戒相互輝映。鑽戒上的寶石是比利在德國帶回來的戰利品，他們給它買了一千八百元保險。

比利不想娶醜陋的瓦倫西亞，他因為精神疾病才會追求她，當比利聽見自己向瓦倫西亞求婚、請求她收下婚戒、共度人生時，便知道自己瘋了。

比利向瓦倫西亞說：「哈囉。」她問他想不想吃巧克力棒，比利說：「不了，謝謝。」

瓦倫西亞問比利最近覺得怎樣，他回答：「好多了，謝謝關心。」她表示，學校裡的同學都為他的病況感到遺憾，並希望他能早日康復，比利則說：「妳如果碰到他們，請幫我問好。」

她保證照做。

瓦倫西亞問比利是否需要院外什麼用品，他說：「沒有，我要的東西這裡都有。」

「那書呢？」她這麼問。

「我就睡在世界上最大的私人圖書館旁邊。」比利如此回答，指的是艾略特．羅斯瓦特收藏的科幻小說。

羅斯瓦特此時躺在隔壁床上讀書，比利問他這次在讀什麼，讓他加入這場交談。

於是羅斯瓦特說他在讀齊爾果．特洛特的《外太空福音》，書中描述來自外太空的訪客（身形與特拉法瑪鐸星人十分相似），這名訪客苦心鑽研基督教義，想了解基督徒為什麼這麼容易翻臉無情，他的結論是，至少部分原因在於《新約聖經》的故事太隨便。他認為福音書的宗旨該是教化世人、要大家心存慈悲，即使對最邪惡、最卑賤的人都該如此。

但福音書的真正內容卻是：**殺死某人之前，得確定對方不認識什麼權貴**。就是這樣。

在這名外太空訪客眼中，基督教故事的問題在於，耶穌看起來不像是宇宙中至高無上神靈的兒子。讀者看到釘上十字架這段故事時，自然而然地認為：

噢，天啊！他們那時殺錯人了！（羅斯瓦特大聲讀道）

而這樣的想法衍生出另個念頭：「有人該被釘死在十字架上。」誰？不認識權貴的人。就是這樣。

這名外太空訪客寫了本新福音書，送給地球人當禮物，那本書裡，耶穌真的只是普通人，而且是權貴人物的眼中釘，和其他福音書相同的是，耶穌依舊向大眾講述迷人而又費解的言詞。

有天，這些權貴人士將耶穌釘到十字架上，然後立在地上，以此自娛。行刑者以為這樣做不會有什麼影響，讀者也會如此認為，畢竟這本新福音書一再強調耶穌只是普通人。

接著，這個普通人將死之際，天空雲層突然分成兩半，雷電從中落下，伴隨神的聲音。祂告訴世人要收這個流浪漢為子，給予他永恆宇宙創造者之子所擁有的全能與全威，神說：**對於那些虐待無依無靠流浪漢的人，從現在起，祂會予以重懲！**

比利的未婚妻吃完三劍客巧克力棒，現在在吃銀河巧克力棒。

「別提書啦，」羅斯瓦特邊說邊將手中的書丟進床底：「去他的。」

「那本書聽起來很有趣。」瓦倫西亞如此表示。

「天啊，要是齊爾果．特洛特文筆出色就好了！」羅斯瓦特如此感嘆。他認為特洛特雖然有許多好點子，但是文章寫得很差，難怪不出名。

「我不覺得特洛特離開過美國，」羅斯瓦特繼續抱怨：「天啊，他老是寫地球人，而且那些地球人全住美國，好像世界上只有美國人一樣。」

「他住哪？」瓦倫西亞問道。

「沒人清楚，」羅斯瓦特如此回應：「就我所知，我是唯一知道這號人物的人，他的著作全由不同出版社出版，每次寄信到出版社，希望他們幫我轉給特洛特，但那些出版社都倒了，所以信老是被退回。」

羅斯瓦特改變話題，轉而恭喜瓦倫西亞戴上婚戒。

「謝謝，這顆鑽石是比利在戰場上找到的。」她伸手讓羅斯瓦特能就近端詳那只鑽戒。

「這是戰爭的迷人之處。」羅斯瓦特表示：「所有人絕對能得到些東西。」

至於特洛特的住處，其實他住在依里亞姆，也就是比利的故鄉。他沒有親朋好友、遭人鄙棄，比利馬上便會碰到他。

「比利——」瓦倫西亞說。

「幹麼？」

「我們可以討論一下銀器款式嗎？」

「好啊。」

「我已經將選項刪除到剩兩個，皇家丹麥風跟繽紛玫瑰風。」

「繽紛玫瑰吧。」比利如此回答。

「我們不用決定得這麼快，」她表示：「我是說——挑選的款式將陪我們度過後半輩子。」

比利對眼前圖片審視一番，最後說：「皇家丹麥吧。」

「殖民月光風也不錯啊。」

「是啊。」比利說。

接著，比利時空旅行到特拉法瑪鐸星的動物園，他四十四歲，被關在網格圓頂裡展示。他躺在一起經歷飛碟旅行的沙發椅上，全身赤裸，而特拉法瑪鐸星人對他身體所有部位都非常有興趣。圓頂外有數千名遊客，高舉著小手好看見比利。此時，比利已經在這顆星球住六個地球月，對於這些人潮早已司空見慣。

想逃走是不可能的，圓頂外頭的空氣充滿氰化物，而且地球距離這裡四十四京六千一百二十兆哩遠。

比利被關在動物園的模擬地球住居中，這裡的家具多半從愛荷華市的西爾斯羅巴克倉庫偷來，有架彩色電視、沙發床、邊桌，邊桌上擺著檯燈與菸灰缸。此外，這裡還有家庭式酒吧、兩張凳子跟小撞球臺。除了廚房、浴室及正中央的鐵人孔蓋之外，圓頂之內鋪滿金黃色毯子。沙發椅前方的咖啡桌上還有幾本排成扇形的雜誌。

這裡也有立體聲唱機，唱機運作良好，但電視壞了，電視管上貼了一張牛仔殺牛仔的照片。就是這樣。

圓頂中沒有牆壁、沒有比利躲藏的空間，遊客連薄荷綠浴室的配備也看得清清楚楚。比利離開沙發到廁所小便，遊客看到全興奮大叫。

比利在特拉法瑪鐸星刷完牙後，裝好假牙，然後進入廚房。他的爐子、冰箱及洗碗機也都是薄荷綠。冰箱門有幅畫，帶來的時候就在上頭了，畫中有一對身穿「快活九〇」風格服飾的情侶在騎雙人腳踏車。

比利注視著這幅畫，想思考些關於這對情侶的事情，但是什麼也想不到，這兩個人好像沒什麼可以想的。

比利吃了頓豐盛的罐頭早餐，清洗杯盤刀叉等餐具，再擱到一邊。接著，他做起軍中教的運動：屈體分腿跳、兩腳平行深蹲、仰臥起坐、伏地挺身。多數特拉法瑪鐸星人不曉得比利的身體相貌其實不好，他們都覺得他是非常優秀的物種，而這也讓比利覺得開心，使他第一次喜歡自己的身體。

運動後，比利沖了個涼，然後修剪腳趾甲，接著刮鬍子、擦體香劑。於此同時，圓頂外的高臺站著一名解說員，告訴大家比利在做什麼、為什麼那樣做。那名解說員透過心電感應講解，所以只是站在原地傳送思想電波。平臺上還有一臺有鍵盤的機器，遊客有問題時，解說員便透過這臺機器問比利。

現在第一個問題來了——從電視裡的喇叭放送出來：「你住在這裡開心嗎？」

比利．皮格利姆答道：「跟住在地球的時候一樣開心。」他真的這麼認為。

特洛法瑪鐸星人有五種性別，每種皆在生育過程中扮演重要角色，但他們的性徵存在於四度空間，所以比利覺得外表看起來全沒兩樣。

特拉法瑪鐸星人問過最尖銳的道德問題就和性相關。他們說飛碟組員在地球找到七種以上的性別，每種皆在生育過程中舉足輕重，但比利根本不曉得那其他五種性別如何在生小孩的過程中產生影響，而這也是因為那些性別存在於四度空間。

特拉法瑪鐸星人試著向比利解釋，讓他想像那個看不到的空間裡性的呈現方式。他們表示，在地球，男同性戀是生小孩的關鍵，但沒有女同性戀，小孩還是可以生。超過六十五歲的女人也是生小孩的重點因素，六十五歲以上的男人則無關緊要。出生不到一小時便夭折的小孩同樣是其他小孩出生的關鍵。諸如此類。

比利覺得這根本胡言亂語。

其實特拉法瑪鐸星人也覺得比利說的東西有很多難以理解，譬如，他們無法體會時間對比利的意義，比利最後也放棄解釋，交由解說員處理。

解說員請遊客想像，在某個晴朗的日子裡，站在山脊眺望沙漠，放眼望去可能看到山峰、鳥兒、雲朵、眼前的岩石，甚或腳底的峽谷，但這之中卻有名可憐的地球人，頭被鋼套包住，脫也脫不掉，上面只有一個洞，讓他一隻眼睛能看外面，而這個洞接了根六呎長的管子。

想像中，這還只是比利苦難的開始，他被綁在行駛於鐵軌的平板車上，不能轉頭也無法碰觸管子。那管子另一端靠在兩腳架上，比利只看得見管子另一端的小亮點，他不知道自己在平板車上，更不清楚自己身處怎樣的環境。

平板車速度時慢時快，但多半停止不動，它爬上爬下、轉彎直行，無論可憐的比利透過管子看到什麼，都只能無奈地告訴自己：「這就是人生。」

比利希望特拉法瑪鐸星人能因地球上的戰爭與謀殺事件而有所警惕，希望他們會擔心凶殘且擁有強力武器的地球人總有一天會毀滅部分甚至整個純淨宇宙。他會這麼想，是受到科幻小說影響。

但最後還是由比利主動談到戰爭這個話題。動物園某位遊客透過解說員發問，想知道比利在特拉法瑪鐸星學到最寶貴的經驗是什麼，比利回答：「那就是整顆星球的人和平相處！你們也知道，我故鄉的人從有時間以來便不斷互相殘殺，我看過學齡少女被美國人燒沸的水塔滾水活活燙死，那時，美國人還以對抗邪惡為榮。」這是真的，比利在德勒斯登見過被燙死的屍體。「此外，我當戰俘時，晚上仰賴燭光，那蠟燭是用被燙死少女的兄弟、父親的屍體脂肪製成的。地球人根本是宇宙中的恐怖大王！即使其他星球目前沒有遭受地球人威脅，不久的將來也會如此。因此，請分享你們的祕訣，好讓我帶回地球拯救大家：你們為什麼能和平相處？」

比利覺得自己說得慷慨激昂，看到特拉法瑪鐸星人收起雙手時卻感到不解，根據過往經驗，這舉動的含意是：他在耍笨。

「請問——請問是否能告訴我——」比利不再激動，轉而結結巴巴地問解說員：「剛剛的話笨在哪裡？」

「我們知道宇宙如何終結——」解說員表示：「那和地球根本無關，相關的只有地球也毀滅了。」

「宇宙——宇宙怎麼終結的？」比利如此詢問。

「我們實驗飛碟新燃料時意外炸毀。有個特拉法瑪鐸星測試員按下啟動鈕，結果整個宇宙就消失了。」就是這樣。

「如果知道是這樣，」比利說：「難道不能阻止嗎？像是阻止那個測試員按按鈕？」

「他以前都會按，以後也一定會，而我們以前讓他按，以後也一定會。那個片刻的發展就是那樣。」

「那——」比利試探地問：「我猜想要阻止地球戰亂也是笨主意。」

「當然。」

「可是你們的星球真的很平和。」

「我們現在是這樣，但其他日子也有戰爭，也和你過往經歷見聞的同樣恐怖。因為什麼也不能做，所以乾脆不去看、直接無視，我們選擇將所有心力放在愉悅的片刻，比方說，今天在動物園裡的時光不是很棒嗎？」

「是啊。」

「這是地球人能努力仿效的做法，無視苦痛時刻，專注於美好時光。」

「呃。」比利・皮格利姆如此回應。

當晚，比利入睡沒多久便時空旅行至另一個美好片刻：他和瓦倫西亞的新婚之夜。此時，比利已離開榮民醫院六個月，精神狀態十分穩定，還以第三名（全班四十七人）的成績自依里亞姆驗光師專業學校畢業。

現在，他和瓦倫西亞躺在床上，他們那間舒適的小公寓位在麻州安角市碼頭一隅，碼頭對面可見葛羅斯特市的燈火。比利趴在瓦倫西亞身上，和她做愛，這一連串動作的後果是生下羅伯特・皮格利姆，這孩子之後在高中經常惹事，進入著名的綠扁帽特種部隊後才步上正途。

瓦倫西亞不會時空旅行，但擁有生動的想像力，與比利做愛時，她幻想自己是歷史中的名女人，如果她是英國女王伊莉莎白一世，比利就是克里斯多夫・哥倫布。

比利發出像是生鏽小鐵鍊絞動的聲音，他將精液灌注到瓦倫西亞體內，為綠扁帽小孩做出自己的貢獻。當然，根據特洛法瑪鐸星人的說法，這個小孩其實有七名父母。

比利離開瓦倫西亞龐大的身軀，她臉上神情依舊痴迷。他背向床沿躺著，雙手抱頭，現在的他十分富有，這是與沒人要女性結婚的報酬。比利的岳父不但送他全新別克名車Roadmaster及配備電子化家具的住處，還讓他負責管理旗下生意最好的依里亞姆診所，一年至少可以賺三萬元。比利的爸爸只是理髮師，所以這境遇很棒了。

一如比利的母親所說：「我們皮格利姆家出人頭地了。」

秋高氣爽時節，兩人到新英格蘭度過苦中帶甜的蜜月。他們的公寓有面牆十分浪漫，那邊的窗戶是落地窗，打開就是陽臺，可以眺望油污港口。

有艘小漁船，船身漆著綠、橘兩色，但在黑夜裡全成了黑，它嗚嗚咚咚地經過他們的陽臺，與新人床相距不到三十呎。小漁船頂著四周唯一亮光出海，空蕩蕩的船艙加強共鳴，使引擎旋律變得更飽滿、更響亮。接著，碼頭也唱起相同歌曲，然後新人床床頭也跟著唱，即使小漁船失去蹤影仍持續哼吟下去。

「謝謝你。」瓦倫西亞最後這麼表示，此時床頭的旋律已如蚊子聲音般細微。

「不客氣。」

「這一切很美好。」

然後她哭了起來。

「怎麼了？」

「我好開心。」

「很好啊。」

「我沒想過有人會娶我。」

「呃。」比利．皮格利姆如此回應。

「我會為你減肥。」她說。

「什麼？」

「我要開始節食，為你變漂亮。」

「但是我喜歡妳現在的樣子。」

「真的嗎？」

「真的。」拜時空旅行所賜，比利已經看過婚後無數片刻，曉得瓦倫西亞的身材以後至少會維持在可接受的狀態。

名叫雪赫拉莎德[8]的馬達遊艇行經新人床前，它的引擎聲宛如風琴重低音，遊艇上燈火通明。

船尾欄杆邊站著一對身穿晚禮服的貌美情侶，沉浸在彼此相伴、美夢與湖色之中。這對新人也來度蜜月，新郎是羅德島州紐波特市的蘭斯．藍福爾德，新娘之前叫辛希雅．藍德瑞，是約翰．甘迺迪在麻州海恩尼斯港的兒時戀人。

有件事情頗巧，比利．皮格利姆之後會和藍福爾德的叔叔貝川．克普蘭．藍福爾德住在同間病房，他是哈佛大學教授，專門整理美國空軍歷史。

那對郎才女貌的新人離開後，瓦倫西亞向長相滑稽的丈夫詢問戰場上的事情。有的地球女性頭腦簡單，把性愛與戰爭的魅力連結在一起。

「你回想過戰場上的事嗎？」她一隻手放在比利大腿上。

「有時候會。」比利．皮格利姆說。

8《天方夜譚》中的女主角。

「看著你的時候，」瓦倫西亞說：「我有時覺得你腦子裡好多祕密。」

「才沒有。」比利如此回答，但這當然是謊話，他此時還沒告訴大家時空旅行、特拉法瑪鐸星等等體驗。

「你心裡一定藏著什麼和戰爭有關的祕密吧，就算不是祕密，大概也是不想告訴別人的事情。」

「沒有啦。」

「你知道嗎？我以你當過士兵為榮。」

「很好啊。」

「戰爭很糟嗎？」

「有時候。」此時，比利心中浮現一個瘋狂點子，會有這種想法令他吃驚，那對比利・皮格利姆來說是很棒的墓誌銘（對我也是）。

瓦倫西亞問：「如果我要你說，你現在會告訴我戰場上的事情嗎？」在她龐大身軀的一個小穴裡，綠扁帽特種軍人正逐漸成形。

「那講起來像場夢，」比利表示：「別人作的夢通常不有趣。」

「之前聽過你向爸提過德國行刑隊啊。」瓦倫西亞指的是可憐的艾德加・德比被槍斃那件事。

「呃。」

一切皆美好，
無事惹人傷。

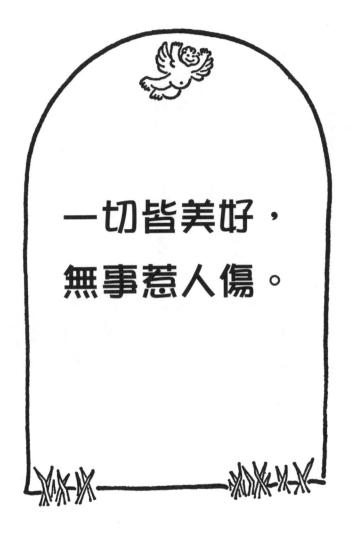

「你們得自己埋葬他嗎？」
「對。」
「他被槍決之前有看見你們手拿鏟子嗎？」
「有啊。」
「他有沒有說什麼？」
「沒有。」
「他害怕嗎？」
「他們替他打麻醉劑，所以當時他兩眼呆滯。」
「然後他們在他身上貼射擊點？」
「貼了張紙。不好意思。」比利說完便下床，到漆黑的浴室內小便，他伸手想開燈，摸到粗糙的牆壁才發現自己又回到一九四四年監獄醫院裡。

此時，蠟燭已經燒盡，可憐的艾德加．德比睡在旁邊的吊床裡。比利離開病床，摸著牆壁前進，急著想出去小便。

突然間，他找到一扇敞開的門，使他轉進監獄夜色之中，時空旅行及嗎啡使比利失去理智，他因此整個人靠到鐵絲網上，結果身體好幾處被勾住，令他無法掙脫，於是比利與鐵絲網展開一場愚蠢的對舞，走到這邊，移到那邊，然後又站回原點。

有個出來小便的俄國人從圍籬另一邊看見比利在跳舞，所以朝這個奇怪的稻草人走近，好聲問他來自哪個國家，但稻草人毫不理會，只是一個勁跳舞。於是俄國人幫忙解開所有勾住的地方，稻草人再度跳進夜色中，連句感謝都沒有。

俄國人朝他揮手，以俄文說：「再見。」

監獄夜色中，比利掏出老二尿再尿，接著隨便塞回去，想起一個新問題：他從哪來，又該往哪去？

某處傳來哀嚎，百無聊賴的比利朝著哀嚎聲走去，心想這麼多人是為了什麼哀傷。他不知不覺走到一間廁所的後面，這廁所有一道欄杆和十二只水桶，三面用破布跟壓平罐頭做成的金屬片遮擋，敞開向外的那邊面向舉辦餐宴的屋舍後牆，牆上可見黑色防水紙。

比利沿著破布走，在防水紙牆上看見一則剛寫上去的訊息，訊息裡的字用的是跟《灰姑娘》那場表演一樣的粉紅油漆。比利意識仍十分模糊，眼前的字彷彿飄浮在半空，或者是塗寫在透明的布簾上，那塊簾子上有迷人的銀色亮點，那些亮點其實是將防水紙釘在牆壁上的釘子。比利無法理解，為什麼透明布簾不需支撐便能懸在空中，於是心想，這塊魔術布簾跟那陣淒厲哀嚎都是某種不知名宗教儀式的一部分。

牆壁上的訊息如下：

請保持
廁所整潔！

比利看看廁所內部，哀嚎從裡面傳出，廁所中擠滿脫下褲子的美國人，剛剛那場歡迎宴讓他們肚子痛得要命，結果每只水桶皆裝得滿滿的，有的還被踢翻。

有名靠近比利的美國人哭著說自己拉得只剩下腦子，過沒多久，他又說：「出來了，出來了。」他指他的腦子。

那就是我，就是我，這本書的作者。

比利離開眼前這幕地獄景象，經過三個正在觀看這場拉肚子盛會的英國人眼前，他們噁心到精神緊繃。

「把褲子的鈕釦扣好！」其中一名英國人這麼告訴比利。

於是比利扣好鈕釦，接著，來到監獄醫院門口，穿過門又回到安角市的蜜月公寓，從浴室回到新人床上。

「我好想你。」瓦倫西亞說。

「我也好想妳。」比利如此回應。

比利和瓦倫西亞沉沉入睡，身體縮成湯匙狀，然後比利時空旅行到一九四四年搭火車的片刻。原本參加南卡羅萊納州演習的他正趕往依里亞姆的父親喪禮，這時他還沒到過歐洲，尚未經歷戰爭，比利還身處蒸汽火車的時光裡。

比利換了很多次車，且所有火車皆行進緩慢，車廂內充滿煤煙、配給煙的薰氣、配給酒的臭味，以及食用戰時糧食的人的屁臭。鐵座坐墊刺刺扎扎的，令比利難以成眠，離抵達依里亞姆只剩三小時，他得好好睡一下才行，比利的腳就直接伸到忙碌的用餐車廂門口。

抵達依里亞姆時，餐車服務生叫醒比利，比利背著行李袋搖搖晃晃地走下車，然後和服務生一起站在月臺上，試著恢復清醒。

「你睡得很熟吧？」服務生問道。

「對啊。」比利說。

「老兄，」服務生表示：「你都硬了。」

比利在監獄被注射嗎啡那晚，就在凌晨三點，兩名健壯的英國人扛著一名新病人來醫院，那個人身材瘦小，原來是保羅．拉薩羅，伊利諾州西賽羅市的全身膿瘡偷車賊。他想偷英國人枕頭底下的香菸，被還沒完全入睡的當事者發現，結果那英國人打斷他右臂，還將他揍暈。

揍暈拉薩羅的英國人幫忙將人扛進醫院，他一頭火紅色頭髮、沒有眉毛，是《灰姑娘》裡面的藍衣神仙教母。他一手撐住拉薩羅一半重量，一手關上身後的大門，然後說：「他比雞還輕。」

負責抬拉薩羅腳的是幫比利注射嗎啡的上校。

神仙教母又尷尬又生氣地說：「如果我知道他跟雞一樣脆弱就不會那麼用力了。」

「呃。」

神仙教母老老實實地表達自己對這群美國人的厭惡：「弱不禁風、臭氣薰人、自怨自艾、愛哭、骯髒又會偷東西，全是混帳，比天殺的俄國人還糟糕。」

「他們看起來的確很糟糕。」上校表示認同。

有位德國少校走進來，他把這群英國人當好朋友，每天來拜訪，一起玩牌、彈鋼琴，還教他們德國歷史及簡單德文。少校的英文很棒，他常說，如果沒有他們這群普通人陪伴會瘋掉。此外，少校也覺得抱歉，讓英國人得要忍受美國戰俘，他保證一、兩天後美國人就會離開，前往德勒斯登當勞工。這名少校手邊有篇德國獄官協會出版的專題論文，該論文探討美國戰俘在德國的行為，作者在美國出生，現在則於德國宣傳部居高位，名叫小豪沃．坎貝爾，戰後在等待軍事審判時，他選擇上吊自盡。

就是這樣。

英國上校幫拉薩羅右手上石膏時，德國少校在一旁翻譯並朗讀坎貝爾的專著，曾為知名劇作家的坎貝爾如此開頭：

美國為地球上最富有的國家，但人民卻多數貧窮，且窮人被迫自我厭惡。一如美國幽默大師金．胡巴斯所言：「貧窮並不可恥，卻也可能如此。」儘管美國為窮人之國，對美國人而言，貧窮即犯罪。美國以外的國家皆有類似的民間故事，敘述某些窮人十分睿智而高尚，因此比權貴更值得尊敬。但美國窮人不說這種故事，反而自我嘲諷並且崇尚權貴，窮人開的簡陋餐廳或酒館裡，牆壁上常掛著這麼個殘酷標語：「如果你很聰明，為何還那麼窮？」此外，還會有支幼孩手掌大的美國國旗插在收銀機上隨風飄揚。

論文作者出生於紐約州斯克內克塔迪市，據說是絞刑戰犯中智商最高的人。就是這樣。

論文繼續寫道：美國人與他處人民相同，認為世界上有許多明顯不實的事情，其中最具破壞性的是美國人皆可輕易賺錢。他們隱而不提掙錢有多難，因此貧窮之人便不斷不斷責怪自己，如此內疚乃權貴人士之珍寶，使他們得以減少對窮人的付出（公開或私下皆是），此狀況實不見於拿破崙時代以降之各地統治階級。

美國孕育諸多新事物，其中最震撼的是一大群毫無尊嚴的窮人。他們不愛己，因此也不愛人，只要我們知曉這點，德國境內美國戰俘的荒謬舉徑便有脈絡可循。

接著，坎貝爾談論起美軍於二戰中的制服：史上所有軍隊，無論貧窮、富有，皆會提供制服予每名軍人，最低下之士兵亦然，使他們在自己與他人面前擁有美好形象，不管飲酒、尋歡、打劫或陣亡都體體面面。然而，美軍的制服來自慈善機構捐贈，他們平時發送衣服給貧民窟醉漢，如今改將衣物消毒後便乾乾皺皺地送給國家，美軍以此當作自己軍人的制服，讓他們穿著上戰場、陣亡。

衣裝筆挺的軍官向行頭如此邋遢的流浪漢講話時，他和其他軍隊的軍官一樣大聲斥責，但他口中的輕蔑卻非如其他軍官般出於疼惜，而是單純厭惡窮人，這些人自作自受。

初次經手美國戰俘的獄官當注意：勿以為美國人彼此親愛，其實他們就連兄弟也不如此，甚至還疏離彼此。美國人各個都像鬱悶的小孩，整天想死。

坎貝爾提到德軍處理美國戰俘的經驗，大家都清楚，各國戰俘中，美國人最會自怨自憐、最沒同袍愛，還最髒，他們無法進行團隊行動、鄙視同儕間的領導者、拒絕聽其指揮或與其交談，這是因為他們覺得這個領導者沒有比較傑出、不該如此虛張。

諸如此類。比利沉沉入睡，然後在依里亞姆的空蕩蕩住家醒來，身分轉變為鰥夫，女兒芭芭拉正在唸他不該寫莫名其妙的信給報社。

芭芭拉問：「我剛剛說的你聽進去了嗎？」現在又是一九六八年了。

「有啦。」比利打了個瞌睡。

「如果你繼續像個小孩一樣，我們就只能把你當小孩對待了。」

「接下來的發展不是這樣。」比利說。

「我們等著瞧吧。」長大成人的芭芭拉雙手環抱身體說：「這裡好冷，暖氣有開嗎？」

「暖氣？」

「暖氣爐啊——地下室那個東西，製造熱空氣，然後從風口傳送進來，感覺壞了。」

「大概吧。」

「你不冷嗎？」

「我沒特別注意。」

「天啊，你真的是小孩耶，如果把你留在這裡，你會冷死或餓死。」諸如此類。她很高興能以愛之名奪走他的尊嚴。

芭芭拉聯絡完暖氣工人後，便要比利上床休息，還要他包在電毯內，直到暖氣爐運作為止。她將電毯熱度調到最大，沒多久，比利的床便燙到可以烤麵包。

芭芭拉起身離開，砰地一聲關上大門，然後比利再度時空旅行到特拉法瑪鐸星動物園。此時園方替他帶來地球伴侶，就是電影明星蒙塔娜·懷德哈克。

蒙塔娜此時仍受鎮靜藥物影響，頭戴防護面罩的特拉法瑪鐸星人扛她進來，將她放在比利的黃色沙發椅上，最後再從氣密艙離開。特拉法瑪鐸星人十分開心，園區造訪人數還不斷創紀錄，大家都想看地球人交配。

蒙塔娜全身赤裸，比利當然也是。此外，比利剛好天賦異「柄」，這種事可遇不可求。

「我在哪裡？」她眼皮不斷眨動，眼睫毛也跟著上下移動。

「沒事，」比利溫柔地說：「請別害怕。」

從地球來這裡的路上，蒙塔娜毫無意識，特拉法瑪鐸星人沒有與她交談，也沒在她面前現身，她最後的記憶是自己在加州棕櫚泉市的游泳池畔做日光浴。蒙塔娜才二十歲，脖子掛著條銀項鍊，上頭還有塊心形鍊墜垂在胸前。

此時，蒙塔娜轉頭看見圓頂外那一大群觀眾，一個個開闔綠色小手表示歡呼。

她不斷尖叫。

蒙塔娜的恐懼實在不好看，因此所有綠色小手全握得緊緊的，站在一旁的動物園園長只得下令起重機降下海軍藍篷蓋罩住圓頂，替裡頭兩人營造地球夜晚的氛圍。在這座動物園，真正的夜晚每六十二地球小時才來一次，而且只維持一小時。

比利打開地燈，單一光源使蒙塔娜迅速放鬆，她的曼妙身材令比利聯想到大轟炸之前的德勒斯登美麗建築。

後來，蒙塔娜愛上比利，並且十分信任他，他直到蒙塔娜開口才碰她的身體。在特拉法瑪鐸星住一地球週後，她害羞地問比利要不要一起睡，他照做了，過程十分美好。

接著，比利再度時空旅行，自那張愉悅的床來到一九六八年的床，這張床在依里亞姆，電毯發出高熱使他滿身大汗，迷迷糊糊間，他想起女兒安頓他上床，並且要他等暖氣爐正常運作再下床。

有人敲比利房門。

「誰？」比利問道。

「修暖氣爐的。」

「怎麼了？」

「暖氣爐修好了，等一下就會開始變暖。」

「好。」

「溫度調節器的電線被老鼠咬斷了。」

「真糟糕。」

比利用力嗅了嗅，覺得那張熱烘烘的床有養菇室的味道。他作了個和蒙塔娜有關的春夢。

春夢之後的隔天早上，比利打算回購物中心的診所工作。生意依舊興旺，助理也把一切打點得妥妥當當。芭芭拉說過比利可能不會再回來工作，所以他此時現身使他們感到訝異。

可比利現在俐落地走進檢查室，並且要助理送第一位病人進來，於是他們送進一名十二歲男孩，身旁有寡婦母親陪同。他們剛搬來依里亞姆，對一切十分陌生，所以比利開口詢問了些身家背景，得知男孩的父親於越戰那場知名的五日戰役中陣亡，地點就在達喀圖附近的八七五高地。就是這樣。

檢查男孩眼睛時，比利平淡地分享特拉法瑪鐸星的見聞，以此向男孩保證，他的父親在某些片刻仍真真切切地活著，想找隨時都找得到。

「那樣不是很令人欣慰嗎？」比利問道。

後來，男孩的母親離開檢查室到櫃檯，告訴助理比利顯然瘋了。比利被送回家。芭芭拉再次問他：「爸爸，爸爸，爸爸──我們到底要拿你怎麼辦？」

6

聽好：

比利．皮格利姆被關在英國戰俘區，四周為俄國戰犯包圍。他被施打嗎啡後號稱去到德國德勒斯登市，醒來時是一月某日黎明時分。小醫院內沒窗戶，鬼魅般的蠟燭已然燒盡，因此，室內唯一光亮來自牆壁上釘子釘穿的洞，以及長方形門扉與牆壁之間的縫隙。體型瘦小、右臂斷掉的保羅．拉薩羅躺在床上呼呼大睡，最後會被槍斃的高中教師艾德加．德比睡在另一張床上。

比利在床上坐起身，渾然不知當下何年何處。不管身在哪顆星球，至少他曉得天氣寒冷。不過，比利並非被冷醒，而是動物磁力使他顫抖發癢、令他肌肉發疼，彷彿做完激烈運動。

那動物磁力來自身後，真要猜，比利大概會說身後那面牆有吸血蝙蝠倒吊在上頭。

回頭看之前，比利先移到床腳，他不希望那隻動物摔到自己臉上，或許還會抓傷自己的眼睛或鼻子。接著，他轉過頭，那股磁力的源頭的確像蝙蝠，因為源頭就是那件有毛領的歌劇表演者外套，被掛在釘子上。

比利將身子再次移回床頭，兩眼注視肩膀上方那件外套，愈靠近便愈覺磁力增強，最後他來到外套邊，伸手東摸西碰，想找出那股磁力的確切來源。

他發現源頭是兩顆藏在外套內襯的小東西，兩者相距一吋，其中一顆看起來像豌豆，另一顆外觀則類似迷你馬蹄鐵。兩顆小東西朝比利發送訊息，要他別追究它們到底是什麼，只要曉得它們將替比利創造奇蹟。比利欣然接受並且心存感激。

比利打起瞌睡，然後再次於監獄醫院中醒轉，此時日上三竿，屋外傳來像是挖墳墓的聲音。原來有群身強體壯的英國人正在乾硬的土地上挖洞，他們想插木樁、蓋新廁所，至於舊廁所則連同劇場、宴會場地一併讓給美國人。

六名英國人吃力地抬著一張撞球桌穿過醫院，桌上疊著幾張床墊，準備運到醫院隔壁的屋舍。同時，有個英國人跟在後頭，一手拖自己的床墊，一手拿鏢靶。

拿鏢靶的是打傷保羅．拉薩羅的藍衣神仙教母，他在拉薩羅床邊停下腳步，問他目前狀況如何。

拉薩羅說，戰後要找人解決他。

「喔？」

「你犯了個大錯，」拉薩羅表示：「敢動我汗毛的人最好把我殺了，不然我就要他的命。」

藍衣神仙教母知道殺人是怎麼回事，他謹慎地對拉薩羅微微笑、告訴拉薩羅：「如果你真的覺得那才是明智之舉，我現在還有時間動手。」

「快滾。」

「是，是，是。」藍衣神仙教母如此回答。

藍衣神仙教母神色愉悅地移動腳步，彷彿自己賜予拉薩羅一分恩情。他離開後，拉薩羅向比利及可憐的老德比保證以後必定報仇，而且會是甜蜜的復仇。

「報仇是世界上最甜蜜的事情，」拉薩羅說：「誰敢惹我，我就讓他悔不當初，最後大笑的人會是我。我才不管對方是男是女，就算是美國總統惹我，我也要給他好看。你們真該看看我之前怎麼處理一頭狗。」

「狗？」比利說。

「那隻賤貨咬我，所以我去買了塊牛排，然後將鬧鐘的彈簧切成碎片，碎片磨尖之後塞進牛排裡，接著，我經過那條狗面前，牠又想咬我，於是我說：『小狗狗，過來，我們當朋友好不好？我們別再當敵人，我不討厭你。』牠相信我說的話。」

「真的嗎？」

「我丟出牛排，那隻狗一口吞下。十分鐘後，」拉薩羅的雙眼愈講愈有神：「狗嘴開始流出鮮血，牠不斷哀嚎、打滾，彷彿身體內外都受千刀萬剮。後來牠還想把自己的內臟咬出來。我大笑，告訴牠：『現在你弄清楚了，但內臟被割得鮮血直流，割在你身體裡的一刀一刀全是我幹的。』就是這樣。」

「如果有人問你，人生最甜蜜的事情是什麼——」拉薩羅表示：「就是報仇啊。」

那之後，德勒斯登遭摧毀時，拉薩羅並未歡欣鼓舞，他說那是因為他不恨德國人，並且喜歡一次解決一個敵人。此外，他還為自己從未傷及無辜而感到驕傲：「我拉薩羅從來不對無恨無仇的人出手。」

此時，可憐的高中教師艾德加．德比開口問拉薩羅，是否也打算請藍衣神仙教母吃彈簧牛排。

「吃屎吧。」拉薩羅這麼回答。

「他身材那麼高大。」德比自己也是彪形大漢。

「身材不是重點。」

「你要拿槍殺他？」

「我要找人槍殺他，」拉薩羅告訴德比：「戰爭結束後，他會回老家，成為大英雄，讓一堆女人倒追。接著，他會成家立業。再過幾年的某一天，有人會去敲他家大門，他應門時會見到門外的陌生人，陌生人問他是不是某某某，他說沒錯，陌生人會說：『保羅．拉薩羅派我來的。』然後他會拔槍射爛他老二，讓他有幾秒時間回想保羅．拉薩羅是誰、沒有老二的下半生怎麼度過。接著，陌生人會再朝他肚子開一槍，最後揚長而去。」就是這樣。

拉薩羅說，只要花一千元跟交通費就能找殺手處理世界上任何仇家，他心中有份仇家名單。

德比問他名單中有誰，拉薩羅回答：「你他媽不在名單上，別惹我就好。」沉默一會後他又說：「還有，也不要招惹我朋友。」

「你有朋友？」德比好奇地詢問。

「在戰場上嗎？」拉薩羅表示：「有啊——我曾經有個朋友，但是死了。」就是這樣。

「好慘。」

拉薩羅的雙眼再度變得炯炯有神：「對啊，他是我在戰俘車廂認識的好朋友，叫羅蘭．威瑞，後來死在我懷裡。」他伸出還能移動的指頭指向比利說：「他是被這個白痴害死的，所以我向他保證，戰爭結束以後會找人解決他。」

拉薩羅揮揮手不讓比利解釋，逕自講道：「小子，算了吧，好好享受現在的時光，至少接下來的五年、十年、十五年或二十年裡不會有什麼事。但我要給你個忠告：你家門鈴響的時候，最好找別人去開門。」

比利．皮格利姆終於可以表達意見，他說這真的是他以後的死法，他時空旅行到自己死掉的時刻許多次，還將過程錄起來，那卷錄音帶連同遺囑及其他貴重物品一起鎖在依里亞姆商業銀行的保險櫃內。

錄音帶開頭說：我，比利．皮格利姆，預計、已經、永遠會在一九七六年二月十三日死亡。

他說，自己死的時候正好在芝加哥演講，底下有一大群觀眾聆聽他解釋飛碟與時間的本質。那時候的他還住在依里亞姆，跨越三道國界才抵達芝加哥。當時美國分裂成二十個小國家，以免威脅世界和平。中國人被惹毛，丟了顆氫彈到芝加哥。就是這樣。此時的芝加哥完全改頭換面。

比利面前坐著滿滿的觀眾，演講場地是被網格圓頂覆蓋的棒球場，比利身後飄揚著國旗，國旗圖樣為赫里弗德牛搭配青綠草地。他笑著預言自己一個小時內便會喪命，還要觀眾一起笑，他說：「我是時候死了，許多年前，有個人說要殺我，他現在已經垂垂老矣，而且就住這附近。他密切注意我造訪貴市的各類報導，那個瘋子今晚就會實現諾言。」

有觀眾表達不同意見。

比利反駁道：「如果你意見和我不一樣，覺得死亡是恐怖的事情，那表示你完全不懂我說的話。」接著，比利一如往常地以下面這句話作為演講完結：「再見，你好，再見，你好。」

比利離開講臺時由警力護衛左右，以防群眾推擠，他從一九四五年開始就沒有遭受任何生命威脅，但警方主動表示要繼續護衛他，整晚拿槍守在他四周。

「別這樣，」比利平心靜氣地說：「你們該回家陪老婆跟小孩了，而我是時候死一下了——之後再復活。」那片刻，比利高高的額頭已經被高能雷射槍瞄準，下個片刻，比利．皮格利姆死了。就是這樣。

所以比利體驗了一會兒死亡的感覺，能感受到的只有紫色光芒與嗡嗡聲，四周看不見半個人，就連比利自己的身影也不在那裡。

接著，他再度回到生活中，來到一九四五年，拉薩羅威脅要殺死他的一個小時後。他已經復元，於是有人叫他離開病床、穿好衣服。他和拉薩羅及可憐的老德比得和其他美國戰俘到劇場集合，並且在那裡以匿名投票的方式選擇帶頭老大。

比利、拉薩羅及可憐的老德比穿越監獄庭院前往劇場。小外套裹在比利的手上，看起來好像女士專用的暖手筒，他那德性彷彿知名油畫〈七六精神〉裡的丑角。

德比想著寫信回家，告訴妻子他還活得好好的、別擔心。戰爭馬上就要結束，他很快就會回家。

拉薩羅自言自語，說著戰後要對付的人有哪些、什麼勾當等著他處理、想上哪些女人，不管對方有沒有性趣。如果他有養狗，警察大概會殺了他，再把他的頭送去實驗室，看看是不是罹患狂犬病。就是這樣。

接近劇場時，他們碰到一名英國人用鞋跟在地上畫線，那是英國人跟美國人之間的界線，這不用問就知道，大家小時候就看過。

劇場內到處都是蜷縮在地上的美國人，大多在放空或睡覺，全部冷得直發抖。

「媽的，把門關好，」有人朝著比利喊：「你是在馬廄出生的嗎？」

比利關上門，一隻手從暖手筒內抽出來摸摸暖爐，觸感十分冰冷，舞臺上「灰姑娘」的布景還沒拆掉，掛著藍色帘布的粉紅拱門色彩驚人，另外還有黃金王位、指著十二點的假鐘跟灰姑娘的鞋子，鞋子是拿空軍軍靴塗上銀漆替代，現在鞋底朝上，擱在王位旁。

早些時候英國人來這裡派發毯子及床墊，當時比利、可憐的老德比和拉薩羅在醫院裡，所以沒有拿到，只得找東西湊合著用，而且現在只剩舞臺上還有空位，於是他們走上舞臺，拉下藍色帘布當被窩。

比利窩在藍色被窩裡，兩眼注視王位旁邊的灰姑娘銀靴，後來才想起自己鞋子已經壞掉，得找雙新的。他雖然不願離開被窩，但還是強迫自己這麼做，身體趴著爬到鞋邊，再坐起來試穿。

靴子十分合腳。比利．皮格利姆就是灰姑娘，灰姑娘就是比利．皮格利姆。

某處傳來英國帶頭老大訓斥大家要注意個人衛生的言論，接著便是自由投票，但至少半數美國人選擇繼續睡覺。英國人走上舞臺，拿軍用手杖敲擊王位扶手吸引注意，接著說：「年輕人，年輕人，年輕人——可以聽我說幾句話嗎？」諸如此類。

英國人講的內容與如何存活下去相關：「如果不再注重外表，你們很快就會死去。」他說他見過許多人這麼死掉：「那些人拒絕挺直身子、不再刮鬍子或清潔身體、不願下床、不想說話，最後就死了。就是這樣：用這種方式離開監獄的確既簡單又不痛苦。」就是這樣。

英國人又說，從被俘虜開始，他就謹記以下誓言：每天刷兩次牙還有刮一次鬍子、飯前洗手洗臉、飯後上廁所、每天要擦鞋、每日早晨至少運動半小時再上大號、多照鏡子、檢視儀容及注意自己的姿態。

比利躺在被窩裡聽講，兩眼注視的不是英國人的臉，而是他的腳踝。

「我真羨慕你們這群年輕人。」英國人如此表示。

有人笑了，比利不懂有什麼好笑。

「聽說你們今天下午要動身前往德勒斯登，那是座美麗的城市，你們在那裡不用像我們這樣被監禁起來，可以與當地人接觸，而且那裡的食物鐵定比這裡豐富。請容我插句話：我已經五年沒看過任何花草樹木及女人、小孩，也已經好久沒見過貓、狗跟娛樂場所，就連什麼職業人員也無蹤無影。

「此外，德勒斯登是座開放的城市，沒有武裝、沒有工業也沒任何重要駐軍，所以你們在那裡不用擔心炸彈攻擊。」

後來，艾德加．德比被選為美國人的帶頭老大。英國人要躺在地上的美國人提名候選人，但是沒人發言，所以他就提名德比，還稱讚他成熟、待人處事老練。因為沒有其他人發言，所以提名就此結束。

「大家贊成嗎？」

有兩、三個人回答：「贊成。」

接著，可憐的老德比發表感言，先感謝英國人給予大家寶貴建議，他一定會照做，還說其他美國人也會遵守。接著，他說自己的主要任務是確保大家都能平安回家。

「吃屎啦。」躺在藍色被窩裡的拉薩羅這麼說。

那天的溫度出乎意料地高，晌午時分氣溫舒適，德國人準備了熱湯及麵包，放在雙輪手拉車上由俄國人拉進來，英國人則提供咖啡、糖、果醬、香菸及雪茄。劇場大門敞開，好讓暖風吹進來。

美國人覺得舒服多了，開始有力氣進食。然後便是動身前往德勒斯登的時刻，美國人意氣風發地離開這座監獄，走在最前頭的又是比利．皮格利姆，他現在腳穿銀靴、手套暖手筒、身披藍色帘布，看起來好像古羅馬寬袍。比利鬍子沒有刮，走在旁邊的德比也是，德比想著寫信回家，嘴巴跟著微微唸：

親愛的瑪格麗特——我們今天動身前往德勒斯登。別擔心，那座城市很開放，不會被轟

炸。我們今天中午舉辦選舉，妳知道發生什麼事嗎？諸如此類。

他們再度來到火車站，之前只有兩節車廂載他們來這座監獄，現在有四節送他們走，相對舒服許多。美國人又見到死去的遊民，他全身凍僵，倒在鐵軌旁的雜草間，即使已經喪命，依舊將身子蜷起來，像個嬰兒。如今，遊民孤苦伶仃，只有稀薄的空氣與煤渣相伴。有人偷走遊民的靴子，他的腳因此凍得紫白，但其實還好，畢竟他已經死了。就是這樣。

前往德勒斯登這段路很愜意，旅程僅兩小時，原本乾扁的肚子現在裝滿食物，通風口不但送來陽光，也送來徐徐微風。此外，英國人還送他們許多香菸。

下午五點，美國人抵達德勒斯登，車廂大門被打開，車門口頓時變成一幅美麗的城市風景，許多美國人從沒見過這麼漂亮的城市，它的天際如此多變、妖嬈、迷人、荒誕，在比利眼中彷彿主日學校所懸掛的「天堂」畫作。

車廂後頭有人讚嘆了聲「哇」。那是我，就是我，這輩子見過的城市只有德勒斯登和印第安納州的印第安那波里市。

德國其他大城皆遭炸毀，但德勒斯登並未經歷任何嚴重損傷，雖然每天有空襲警報，人們也會逃到地下室，聽收音機了解狀況，但那些飛機的目標永遠是其他城市：萊比錫、凱姆尼茲、普勞恩等等。就是這樣。

在德勒斯登，蒸汽暖爐仍開心地嗶嗶叫，有軌電車還三不五時發出叮噹聲，電話嗡嗡叫時有人接，按下電燈開關，燈光也會跟著明滅，德勒斯登的劇院、餐廳及動物園正常營運，該城主要商業活動是醫藥、食品加工及製菸。

近晚時分，人們帶著疲憊的身心下班返家。

有人穿越鐵軌，是八個身穿新制服、前一天才加入軍隊的德勒斯登人，年紀不是才十幾歲，就是已經步入晚年，其中兩個是退役軍人，曾在俄羅斯遭受嚴重槍傷。他們負責看管前來當苦力的一百名美國戰俘，這支隊伍裡有對祖孫，爺爺當過建築師。

接近載美國戰俘的車廂時，這八人神情轉為嚴厲，但他們很清楚自己的外觀有多可悲、多愚蠢，其中一個還裝了根假腿，手上拿的也不是手槍，而是枴杖。儘管如此，他們仍要高大、傲慢、凶狠且剛在前線廝殺的美國步兵屈服順從。

接著，他們看見一嘴鬍子的比利．皮格利姆，身披藍色古羅馬寬袍、腳穿銀靴、手套暖手筒，看起來少說六十歲。比利隔壁是斷了隻手的拉薩羅，他像狂犬病患一樣嘶嘶叫。拉薩羅隔壁是可憐的高中教師德比，滿腦愛國思想、中年情緒及空洞智慧。諸如此類。

八名可笑的德勒斯登人先確認這一百名可笑生物是剛從前線退下來的美國士兵，接著，他們顯露微笑，進而大笑，恐懼已然消失，畢竟沒有什麼好怕的，這座城市多的是像他們一樣的瘸子和傻蛋，簡直就是有趣的輕歌劇。

於是這齣輕歌劇從車站大門一路演到德勒斯登大街，而比利．皮格利姆走在最前面，是最醒目的明星。沿路有數千名下班返家的民眾，這些人軟弱無力、神采黯淡，原因在於過去兩年幾乎只吃馬鈴薯。風和日麗是他們唯一的期待，但此時此刻，他們突然見到這有趣的場景。

比利沒發現路人在看笑話，他的心神全給德勒斯登的建築吸引住。快樂的愛神成為窗戶上的裝飾，淘氣的牧神與赤身裸體的精靈從屋簷上窺看比利，還有石猴子在卷軸、貝殼及竹子之間嬉戲。

擁有未來記憶的比利很清楚，這座城市三十幾天後將被夷為平地，他也曉得，現在正在看他的人到時幾乎都會喪命。就是這樣。

走在路上，比利雙手同時在溫暖、黑暗的暖手筒內游移，想透過指尖摸清楚外套內襯那兩顆小東西是什麼。他的指尖伸進內襯，對著那兩顆豌豆及馬蹄鐵狀的東西摸來摸去。行進隊伍在一個繁忙街角停下腳步，此時是紅燈。

同樣在街角的路人裡，最前排有名剛結束一整天手術的醫生，他雖然是平民、舉止卻比較像軍人，這是因為他參與過兩次世界大戰。比利的儀容令醫生感到不悅，知道他是美國人後厭惡情緒更為高漲，他覺得比利品味實在差勁，想必還經歷不少麻煩，才讓自己穿成這副德行。

醫生用英文告訴比利：「我猜你覺得戰爭很像在遊戲。」

比利茫然地看著醫生，一時不清楚自己身在何處、為何在那裡，也不知道別人都在看他笑話。當然，是「命運」把他裝扮成這樣——是「命運」以及想活下去的微弱意志。

「你覺得我們該笑嗎？」醫生問道。

醫生想從中得到某種滿足，但比利不曉得是哪種滿足，他想幫忙，可是資訊不足以判斷怎麼幫。此時，比利手指勾住內襯那兩顆東西，準備拿出來給醫生看。

「你覺得我們喜歡被嘲笑嗎？」醫生繼續問：「你覺得自己代表美國很驕傲？」

比利一隻手從手筒內抽出來，伸到醫生面前，掌心有顆兩克拉鑽石以及局部假牙，那副假牙是可憎的人造小東西，散發白銀、珍珠及橘色光彩。比利張嘴微笑。

隊伍有時昂首闊步，有時蹣蹣跚跚，就這樣來到德勒斯登屠宰場。進到裡面，這座屠宰場並不繁忙，這是因為德國境內所有有蹄的動物幾乎全被宰來吃了，大部分進入士兵肚子裡。就是這樣。

美國人被帶到第五號建築，那是棟一層樓的水泥方形建物，前後各有一扇滑門。這裡原本蓋來安置準備屠宰的豬隻，現在成為這一百名離鄉背井美國戰俘的住所，德國人備妥雙層床、兩具鐵暖爐及供水設施，後面還有廁所，一樣是以一根扶手當圍籬，底下擺水桶。

建築物門口上方有個大大的數字，那個數字是五，進入第五號屠宰場前，唯一會講英文的守衛要美國人記住簡單地址，以免之後迷路，這裡的地址是：「Schlachthof-fünf。」Schlachthof是屠宰場，fünf則代表五。

7

二十五年後，在依里亞姆，比利．皮格利姆走進租來的飛機。他知道這架飛機即將墜毀，但不打算說出來，以免被當傻蛋。這飛機準備載比利及其他二十八名驗光師前往蒙特婁參加驗光師大會。

比利的妻子瓦倫西亞在機外，岳父里歐內．梅爾柏則扣緊安全帶坐在比利身邊。

里歐內．梅爾柏是臺機器，當然，特拉法瑪鐸星人說，宇宙中所有生物與植物都是機器，地球人對於這種說法十分反感，這種反應讓特拉法瑪鐸星人覺得有趣。

機外，名為瓦倫西亞．梅爾柏的機器一邊吃著彼得保羅巧克力棒，一邊揮手道再見。

飛機順利起飛，這片刻本來就是如此發展。機上有四名驗光師，他們組成四重唱，還給合唱團取了個「四眼混蛋」的名號。

飛機平安起飛後，身為比利岳父的機器請這四名驗光師唱他最喜歡的歌曲，他們知道里歐內指的是哪首，便開口唱起來。歌詞是這樣的：

我坐在牢房，
褲子沾滿各種污髒，

我的球在地板上輕輕彈跳，
當她朝我囊袋大口一咬，
我看見香腸沾滿血跡，
噢，以後我絕不再和波蘭人在一起。

比利的岳父邊聽歌邊大笑，還請他們再唱另一首他很喜歡的波蘭歌，於是他們唱起關於在賓州挖煤礦的歌：

我和麥可仔礦坑工左，
握地天啊，日子真使夠快活，
我們每週拿薪水，
握地天啊，隔天絕對不工左。

說到波蘭人，比利就突然看到波蘭人被絞刑示眾。事情發生在他抵達德勒斯登三天後，當時，太陽剛升起，比利剛好和其他人一起走路去工作，經過足球場時看見絞刑臺及一些民眾。那個波蘭人是農奴，因為和德國女人性交而被處以絞刑。就是這樣。

知道飛機馬上要墜毀的比利閉上眼睛，時空旅行到一九四四年，再度回到盧森堡的森林裡，此時，三劍客還在，威瑞正抓他的頭撞樹幹。「你們先走。」比利說。

當飛機上的四重唱唱到：「尼力，就等陽光普照。」飛機撞上佛蒙特州的糖叢山，幾乎所有人都罹難，只剩比利跟副機長。就是這樣。

最先來到空難現場的是山腳下知名滑雪度假村的年輕奧地利滑雪教練，他們經過一具具屍體，彼此用德語交談。教練們套著只露出眼睛的黑色防風面罩及紅色頭髻，看起來好像黑臉布娃娃，好像假扮成黑人以取悅大眾的白人。

比利頭骨裂開，但意識仍舊清楚，他不知道自己身在何處，但嘴巴微微張闔，其中一隻黑臉布娃娃將耳朵湊到比利嘴邊，想聽清楚他的遺言。

比利以為黑臉布娃娃和二次世界大戰有關，於是細聲說出地址：「Schlachthof-fünf。」

比利被人用平底雪橇送下糖叢山，黑臉布娃娃們以繩索控制雪橇滑行，沿途還哼聲唱調要人讓路。接近山腳時經過纜車站，比利看見上面那些身穿鮮豔彈性衣、腳穿大靴子、頭戴防風鏡的年輕人，坐在半空中的黃色椅子上，頂著風雪前進，他還以為這是二次世界大戰的新場面，但他不覺得有什麼問題，什麼東西對比利來說都沒問題。

他被送進一間私人小醫院，一名來自波士頓的知名腦部手術醫師替他動三小時手術。那之後比利昏迷了兩天，夢到許許多多事情，其中有些事情是真的，因為那些都是時空旅行。

那些真實事情裡，其中有件是來到屠宰場的第一晚，他和可憐的老德比一起推車走在骯髒小路上，兩旁淨是空蕩蕩的牲畜圈舍。他們要到公共廚房領取大家的晚餐，沿途由十六歲的德國人偉納・葛律克從旁看管。手推車的輪軸以動物屍體的油脂潤滑。就是這樣。

太陽才剛下山，城市還籠罩在餘暉之中，在這片如田野般空曠的土地上，佇立著空蕩蕩的牲畜圈舍，那光影彷彿低矮懸崖。為防空襲，整座城市燈火熄滅，所以比利沒辦法看德勒斯登像其他城市一樣，於日落時分上演此起彼落點亮燈火的美妙場景。

德勒斯登旁邊有條大河可反映燈火，想必會讓夜裡閃爍的燈光更加美麗。那條河名叫易北。

年輕守衛葛律克在德勒斯登長大，以前沒到過屠宰場，所以不曉得廚房在哪裡。他和比利一樣又高又瘦弱，搞不好是他的弟弟。其實他們是遠親，只是彼此不曉得。葛律克手持沉重無比的火槍，這把骨董級單發武器具備八角形槍管及光滑的槍口，他將刺刀綁在槍上，那把刀看起來就像長長的縫衣針，但是沒有血溝。

葛律克領頭前往某棟建築，他以為那裡是廚房，但打開大門才發現不是，裡頭只有更衣間、公共浴室及許多蒸氣。蒸氣中可見大概三十名赤身裸體的少女，她們是布雷斯勞過來的難民，那裡遭受慘烈轟炸，女孩們最近才剛逃來這裡。此時的德勒斯登到處是難民。

蒸氣中，少女們的私密部位毫無遮掩，葛律克、德比及皮格利姆（少年士兵、可憐的老高中教師及身披寬袍、腳穿銀鞋的小丑）站在門口瞪著眼睛看。女孩們大聲尖叫，用手遮住身體，還趕緊轉過身，看起來真是美極了。

從沒見過裸體女人的葛律克關上門，而比利也沒見過女人裸體，德比則已司空見慣。

這三個傻蛋找到負責準備屠宰場工人午餐的公共廚房時，幾乎所有人都回家了，只剩下不耐煩等待葛律克一行人的女人。她在戰爭中失去丈夫。就是這樣。這名婦女把帽子、外套穿在身上，儘管家裡沒其他人，她也想回去。她的白色手套整齊地擺在金屬櫃檯上。

女人給美國人兩桶湯，湯在爐上煨得熱騰騰。此外，美國人還拿到好幾條黑麵包。

她問葛律克這年紀當兵是不是太輕了。他說沒錯。

她問德比這年紀當兵是不是太老了。他說沒錯。

她問比利是在當什麼。他說不知道，只想讓身體暖一點。

「真正的士兵都死了。」她如此表示。這是真的。就是這樣。

在佛蒙特州陷入昏迷時，比利還看見一件真實事情，那就是他和其他戰俘在德勒斯登幹的活。距離大轟炸還有一個月，他和其他人每天擦窗戶、擦地板、洗廁所、在麥芽糖漿工廠裡幫忙裝箱。麥芽糖漿富含維生素與礦物質，專供懷孕婦女食用。

糖漿嘗起來有淡淡的蜂蜜香混雜著山胡桃木煙燻味，工廠裡的人每天都偷偷舀來吃，他們沒有懷孕，但也需要維生素與礦物質。比利第一天工作時沒有跟著做，但其他美國人有。

到了第二天，比利也舀糖漿來吃。工廠裡到處藏著湯匙，屋椽、抽屜、暖氣機後面都有，偷吃糖漿的人如果發現別人走近，總匆匆忙忙將湯匙藏起來，畢竟這種行為是違法的。

第二天，比利清理暖氣機時，在後頭發現湯匙，而他身後就是正在冷卻的糖漿。可以看見比利及湯匙的只有可憐的老德比，他正在外頭清洗窗戶。這根湯匙是大調羹，比利將它插進糖漿裡，再不斷轉動湯匙，讓它變成一根黏稠的棒棒糖，最後送進嘴裡。

過了一會兒，比利身體裡的每個細胞皆滿懷感激，歡欣鼓舞了起來。

工廠窗戶邊傳來輕輕敲擊聲，外頭的德比將一切看在眼裡，也想吃糖漿。

所以比利也替他做了根棒棒糖，然後打開窗戶，將糖送進可憐的老德比張開的嘴裡。過了一會兒，德比突然哭出來。比利關上窗戶，藏好湯匙。有人來了。

8

德勒斯登大轟炸發生前兩天，屠宰場來了個有趣訪客，他叫小豪沃．坎貝爾，是加入納粹的美國人，也是撰文描述美國戰俘邋遢行徑的作家。現在的他來屠宰場並非研究戰俘，而是想招募人手加入德軍一個名為「自由美國軍團」的單位。該單位專注於俄羅斯前線作戰，坎貝爾是發起人與指揮官。

坎貝爾相貌平凡但衣著卻十分氣派，他頭頂牛仔帽、腳穿牛仔靴，黑色靴子上有納粹卍字黨徽及星形裝飾，穿在身上的藍色連身衣帶有黃色條紋，條紋從腋下一路延伸至腳踝，臂章圖像是美國前總統林肯的側影搭配淡綠色底，此外，他還套了個紅色大袖章，上頭有個白圈圈住納粹黨徽。

他現在在水泥豬舍裡向大家解釋袖章的含意。

比利．皮格利姆整天偷吃好幾次麥芽糖漿，現在胃灼熱得緊，不舒服得都哭了，坎貝爾在他汪汪淚眼中變得扭曲模糊。

「藍色代表美國的天空；」坎貝爾說：「白色代表開拓那片大陸、排乾沼澤泥水、砍清林木、建造公路、橋梁的種族，紅色代表美國愛國者這幾年所熱情流灑的鮮血。」

坎貝爾的聽眾一整天在工廠辛勤做工，又在寒冬中長途跋涉回家，所有人都昏昏欲睡，他們骨瘦如柴、眼窩凹陷，皮膚、嘴巴、喉嚨及腸胃皆開始發潰。工廠內的麥芽糖漿只包含地球人每日需要的某幾種維生素及礦物質。

坎貝爾表示，只要加入自由美國軍團就有食物吃，牛排、馬鈴薯泥、肉汁和肉餡派皆唾手可得，還講道：「一旦打敗俄國人，我們會從瑞士將你們送回美國。」

現場沒有任何反應。

「你們遲早得打共產黨，」坎貝爾說：「幹麼不現在就出手？」

坎貝爾十分希望有人給些回應。可憐的老德比，這名即將喪命的高中教師吃力地站起身，這可能是他生命中最美好的一刻。這個故事沒有任何鮮明色彩、幾乎沒有任何戲劇性衝突，原因在於大部分人都病懨懨的，任由巨大國家武力擺布。戰爭對人的主要影響之一就是令人失去個性，但德比現在展現了自己的性格。

德比的姿勢彷彿被揍到意識模糊的拳擊手，低著頭，拳頭握得緊緊的，等待指示與戰鬥計畫。接著，他抬起頭，說坎貝爾就像條蛇，然後又改正自己的話，說蛇別無選擇，天生只能當蛇，但坎貝爾有能力選擇走其他的路，所以比蛇、鼠還不如，就連吸飽血的壁蝨都好過他。

坎貝爾臉上掛著微笑。

德比激昂地講述美國政府架構，及其追求的自由、正義、機會與平等，所有人皆願意為這些理念而死。

他又提到美、俄人民之間的兄弟情誼，兩國聯手消滅四處為虐的納粹。

德勒斯登再次響起空襲警報。

美國人、守衛及坎貝爾全躲進巨岩開鑿出來的肉品冷藏庫，地點位於屠宰場下方。冷藏庫天花板與地板都有鐵樓梯及鐵門。

冷藏庫裡還有一些被鐵勾吊在半空中的牲畜屍體，包括牛、羊、豬、馬等等。就是這樣。不過，空懸著的鐵勾有數千個。地形結構使這裡頭的溫度涼冷，不用額外冷藏設備。燭光照耀下，可見牆壁被塗成白色，聞起來有石炭酸的味道。其中一面牆邊有長椅，美國人於是走過去，拍掉椅面的白漆碎屑再坐下。

坎貝爾依舊像守衛般站著，還以流利的德文與其他守衛交談。他以前寫過許多廣受歡迎的德語劇作及詩歌，並和知名德國演員蕾希．諾斯結婚。然而，諾斯跟團至克里米亞表演時死了。就是這樣。

那晚沒發生什麼大事，約十三萬德勒斯登居民喪命是隔天晚上的事情。就是這樣。比利在冷藏庫裡打盹，然後發現自己再次和女兒言詞爭論，連手腳都用上了。情況是這樣：

「爸爸，」芭芭拉說：「我們到底要拿你怎麼辦？」諸如此類。「你知道我可以直接把誰處理掉嗎？」她這麼問。

「誰？」比利反問。

「就是那個齊爾果．特洛特。」

當然，齊爾果．特洛特只是科幻小說作家，以前是，現在也是，比利不只讀過他的十數本著作，甚至還和這個難相處的人成為朋友。

特洛特在依里亞姆租了層地下室住，距離比利的舒適白色住處只有兩哩，他自己不清楚寫過幾本小說，大概七十五本，但沒半本賺錢。為求溫飽，特洛特只得在《依里亞姆報》做發行部經理，負責管理送報小弟，順便欺負、諂媚及哄騙這些孩子。

一九六四年，比利初次遇見特洛特，當時他開著凱迪拉克鑽進一條暗巷，結果被十幾名青少年和腳踏車堵住，他們聚在那裡聽一個滿嘴鬍子的男人高談闊論，那男人看起來既卑怯又危險，但口若懸河。當時，特洛特六十二歲，正在激勵那群孩子加把勁，鼓吹《依里亞姆報》客戶也訂閱該報週日版。他說，未來兩個月爭取到最多週日版訂閱率的員工將能帶父母免費旅遊一週，地點是他媽的瑪莎葡萄園島。所有支出由公司負擔。

諸如此類。

其中一名送報小弟其實是女孩子，她十分興奮。

特洛特那張神情偏執的臉總出現在作品書套上，所以比利再熟悉不過。然而，此時此刻突然在故鄉巷子裡撞見，反而令比利想不起那熟悉感源自何處，他以為是在德勒斯登某處見過這名瘋狂的救世主。特洛特的外表的確像戰俘。

接著，送報小妹舉手發問：「特洛特先生——如果我贏了，能順便帶妹妹去玩嗎？」

「天啊，當然不行，」特洛特說：「妳以為錢是從樹上長出來的嗎？」

特洛特剛好寫過一本關於金錢樹的小說，那棵樹長的葉子是二十元鈔票，開的花是政府債券，結的果是鑽石，許多人深受吸引而互相殘殺，屍體倒在樹腳，成為非常棒的肥料。

就是這樣。

比利．皮格利姆將車子停在巷內，等待集會結束。那之後，特洛特還得和一個男孩談談，他覺得這份工作太辛苦、錢少事多，所以想辭職。特洛特很在乎這件事情，如果男孩真的離開，找到另個替死鬼以前，他得自己負責那條送報路線。

「你以為自己是什麼？」特洛特輕蔑地問：「沒種奇才嗎？」

這也是特洛特某本小說的書名《沒種奇才》，故事描述一個有口臭的機器人在解決這問題後大受歡迎。不過，這本書是一九三二年的作品，故事賣點在於預言以後會廣泛使用膠狀汽油燒死人。

小說裡，膠狀汽油從飛機滴到人身上，始作俑者是機器人，他們沒有善惡觀念，也沒有設想膠狀汽油滴到人身上會發生什麼事情的電路機制。

特洛特筆下的機器人頭頭看起來像人類，還能說、能跳、能約會，沒人對他朝人淋膠狀汽油這舉動有意見，反而受不了他的口臭。之後，他順利治好口臭，廣受人類歡迎。

特洛特講輸想辭職的小弟。他列舉所有當過送報小弟的百萬富翁，那男孩回答：「對啊——但是我敢說他們一個禮拜後就辭職了，因為這工作有夠差勁。」

男孩走了，只留下滿滿一袋報紙在特洛特腳邊，訂戶名冊擺在袋子最上面，現在特洛特得依著名冊送報紙，但他沒汽車、沒腳踏車，還很怕狗。

某處傳來狗吠聲。

特洛特心情沉重地將背起來的報紙袋丟回地上。此時，比利．皮格利姆走近：「特洛特先生——？」

「有事嗎？」

「你——你是齊爾果．特洛特嗎？」

「沒錯。」特洛特以為比利是來抱怨報紙派送狀況，之所以沒想起作家身分，是因為這個世界從來沒把他當成作家。

「是——是那個作家嗎？」比利問道。

「那個什麼？」

比利確信自己講錯話了。「有個叫做齊爾果．特洛特的作家。」

「有嗎？」特洛特看起來茫然呆滯。

「你沒聽過嗎？」

特洛特搖搖頭說：「沒人聽過。」

比利開著凱迪拉克載特洛特挨家挨戶送報紙。比利很有責任感，會仔細找房子、逐一核對地址。而特洛特整個人冷靜不下來，他從沒遇過書迷，現在卻碰到比利這麼個熱情的崇拜者。特洛特說他從沒見過自己的作品上廣告、進書評或者在店裡販賣：「這些年來，我每天打開窗戶向世界示愛。」

「你一定收過讀者的信，」比利說：「我好幾次都想寫信給你。」

特洛特伸出一根手指：「只有一封。」

「內容熱不熱情？」

「熱情到瘋了，寫信的人說我該當世界總統。」

原來那封信是艾略特．羅斯瓦特寫的，他是比利在普萊西德湖榮民醫院認識的朋友。於是比利向特洛特解釋了一番。

「天啊，我還以為對方才十四歲。」特洛特說。

「他是大人——還是步兵團上尉。」

「他寫信風格像十四歲小孩。」齊爾果．特洛特如此評論。

比利邀請特洛特參加兩天後的結婚十八週年紀念會，現在派對正開到一半。

特洛特在比利家的餐廳裡，狼吞虎嚥地吃著開胃菜，他滿嘴費城奶油乳酪及鮭魚卵，和某位驗光師的妻子交談。在場人士或多或少與驗光業相關，只有特洛特例外，也只有他沒戴眼鏡，但他是全場矚目焦點，派對中有作家令所有人感到興奮，即使沒讀過他的書也沒關係。與特洛特聊天的對象叫瑪姬．懷特，放棄牙醫助理的工作，改當驗光師妻子，她長得十分漂亮，讀的最後一本書叫《艾凡赫》。

比利站在附近傾聽對話，手指一邊在口袋裡摸東西，是個白色錦緞小盒，裡面裝著一顆有星星點綴的藍寶石派對戒指，是他準備送給妻子的禮物。那戒指要價八百美元。

特洛特接受許多奉承，儘管那些話愚蠢又無知，卻讓他像吸了大麻一樣飄飄然，變得愈來愈開心、聒噪、無禮。

「恐怕我書讀得不夠多。」瑪姬說。

「我們都有害怕的東西，」特洛特如此回應：「像我就怕癌症、老鼠和杜賓犬。」

「我該知道的，但是卻不曉得，所以得請問一下，」瑪姬說：「你最有名的著作是哪本？」

「我最有名的小說內容在講法國名廚的葬禮。」

「感覺很有趣。」

「世界各地的名廚全現身參加那場美好的葬禮，」特洛特信口編造一段故事：「蓋上棺木之前，送葬者將荷蘭芹及辣椒粉撒在死者身上。」就是這樣。

「這是真的事嗎？」瑪姬愚鈍但姿色迷人，見著她的男人無不想馬上跟她生一打小孩，但她目前其實半個孩子也沒有，靠的是避孕。

「當然發生過，」特洛特表示：「寫虛構的事情來賣是會坐牢的，那根本是詐欺。」瑪姬信以為真地說：「我以前想都沒想過。」

「現在可以想一想。」

「感覺跟廣告很像，在廣告裡面說謊就會出問題。」

「沒錯，小說也是這樣。」

「你以後會把我們寫進小說裡嗎？」

「只要是我碰過的事情都會出現在我的小說中。」

「那我說話得小心點了。」

「沒錯，而且在聽妳說話的不單單只有我，上帝也在，審判日來臨那天，祂會重述妳說過和做過的事情，如果全是壞事，那妳就糟了，會被永不熄滅的地獄之火恆久焚燒。」

可憐的瑪姬臉色發青，她相信特洛特的話，因此嚇到呆住。

特洛特捧腹大笑，激動到從嘴巴噴出一顆鮭魚卵，掉到瑪姬的乳溝裡。

現在有名驗光師出聲要大家靜一靜，他請大家一同舉杯慶祝比利與瓦倫西亞結婚週年快樂。按計畫，驗光師四重唱「四眼混蛋」要上臺表演，他們一邊唱，大家一邊喝酒，比利和瓦倫西亞則摟著彼此散發幸福光芒就好。歌曲名叫〈我的老伙伴〉，大家聽到皆眼睛一亮。

天啊，那首歌這麼唱著，我想讓這世界見見我的老伙伴，諸如此類，之後又唱道，永別了，永別了，我的老朋友，永別了，我心愛的人，願上帝保佑你們，諸如此類。

比利．皮格利姆發現自己出乎意料地討厭這首歌跟這場派對，他從來沒什麼老伙伴、心愛的人，但的確很懷念某個人。此時，四重唱的和聲變得緩慢而哀戚，他們故意唱得這麼酸楚，還不斷加重那股情緒，直到讓人無法承受，接著，和聲轉為甜蜜，甜蜜得十分濃烈，然後又開始酸楚。和聲不斷轉換，使比利身心受到嚴重影響，他滿嘴檸檬水味、臉色非常古怪，彷彿身在肢刑架上被處刑。

他看起來實在太怪了，以至於歌曲結束後，有幾個人特地過來關心，以為比利心臟病發作。比利憔悴地走到椅子邊坐下來，彷彿心臟真的不舒服。

場內一片安靜。

「天啊，」瓦倫西亞彎下身子問比利：「你還好嗎？」

「還好。」

「你臉色好糟糕。」

「我真的沒事。」他的確沒事，只是不清楚為什麼這首歌讓他這麼不舒服。他這幾年總以為自己沒什麼祕密，但這狀況正表示內心藏著某個大祕密，可他毫無頭緒。

看見比利發白的臉頰恢復紅潤、展露微笑，大家都散開了，但瓦倫西亞依舊陪在比利身旁，原本被擠在人群外圍的特洛特也走過來，精明的他想知道發生什麼事。

「你看起來好像見到鬼了。」瓦倫西亞如此表示。

「沒有啦。」比利見到的只有眼前那四名歌手的臉，他們只是普通人，眼睛大如牛鈴、思慮不周，唱歌的時候表情還很痛苦，從甜蜜唱到酸楚，再唱回甜蜜。

「我可以猜猜看嗎？」特洛特表示：「你從時空之窗看到某些東西。」

「什麼東西？」瓦倫西亞問道。

「他突然看見過去或者未來的情景。對吧？」

「不對。」比利站起身，手插口袋，意識到裝戒指的盒子還在口袋裡，於是掏出盒子，心不在焉地遞給瓦倫西亞。他本打算在歌曲結束後，於大家的目光下送給她，但現在只有特洛特觀禮。

「這是送給我的嗎？」瓦倫西亞問道。

「對。」

「天啊！」瓦倫西亞說完又更大聲地說一次，好讓其他人聽見。大家聚集過來看她打開盒子，瓦倫西亞看到那顆有星星點綴的藍寶石時，差點尖叫起來。「我的天啊！」她大大地親了比利一下：「謝謝你！謝謝你！謝謝你！」

大家你一言我一語地討論過去這幾年比利送給瓦倫西亞的各式珠寶。瑪姬說：「天啊！她都已經有顆大鑽石了，那鑽石是我現實生活中看過最大的。」瑪姬指的是比利從戰場上帶回來的鑽石。

他在歌劇表演者外套裡意外找到的局部假牙目前則放在梳妝臺抽屜的袖釦盒裡。比利有許多漂亮袖釦，每年父親節子女總送他這個當禮物，比方他現在就在使用其中一對，那組袖釦要價一百多美元，是古羅馬幣改製而成。此外，樓上還有一對袖釦長得像小型俄羅斯輪盤，而且還真的能轉。還有一對袖釦，其中一個是溫度計，另一個是羅盤。

比利開始在派對裡四處走動，表面看來一切正常，齊爾果．特洛特則緊跟在後，想弄清楚比利到底發現什麼。特洛特的小說大多提及扭曲時空、超感官認知及其他出乎意料的事情，這是因為他對這類事物深信不疑且渴望證明它們的存在。

「你曾把狗放在全身鏡上面過嗎？」特洛特問比利。

「沒有。」

「那條狗會往下看，突然發現腳底下空空如也，接著，牠以為自己在半空中，神情變得非常焦慮。」

「是喔？」

「你現在就是那種表情——彷彿突然發現自己在半空中。」

四重唱又開口了，比利也因此再次神經緊繃，顯然這種狀況和歌曲無關，是那四個人造成的。

那首使比利身心四分五裂的歌是這麼唱的：

十一分錢棉花、四十分錢飯，
窮人到底怎麼度一餐？
好像要下雨了，所以祈求天氣晴朗，
但事情不斷變糟，糟到讓人抓狂。
蓋間好酒吧，外觀漆個咖啡色，
結果閃電一打成了焦黑色，
講也沒用，任誰都會心力交瘁。
十一分錢棉花、四十分錢飯，
十一分錢棉花、一卡車的稅，
沉沉沉沉壓垮我們窮人的背……

諸如此類。

舒適白色住處內，比利一個勁逃到樓上。

特洛特想跟上去，但被比利阻止。他走進樓上的浴室，在一片漆黑中關上門。比利刻意不開燈，但慢慢發現浴室中有別人，原來兒子也在這裡。

黑漆漆的浴室裡，當時十七歲、未來將進入綠扁帽特種部隊的羅伯特問：「是爸嗎？」比利很喜歡羅伯特，卻對他性格不甚清楚，還覺得自己好像沒什麼太多要清楚的事情。

比利打開燈，看見羅伯特坐在馬桶上，睡褲脫到腳踝邊。他脖子掛著一把珍珠色電吉他。他那天才剛買的。羅伯特還不會彈，事實上，他從來沒學會彈吉他。

「哈囉，兒子。」比利．皮格利姆說。

比利回到臥房，雖然該下樓招待賓客，他卻選擇躺進床裡，啟動魔術手指。床墊開始震動，有條狗因此從床底鑽出來，牠叫史伯特。老史伯特那時還活著，鑽出來以後就趴在角落。

比利絞盡腦汁想搞懂四重唱為什麼讓他那麼不舒服，後來想到他們和很久以前的事情有關聯，他沒有時空旅行到那個時間點，但隱約記得那事情是這樣的：

德勒斯登大轟炸當晚，比利躲在肉品冷藏庫裡，天花板上頭傳來巨大腳步聲，其實那都是威力強大的炸彈撞擊地面的聲響。巨人們在地面走來走去，但冷藏庫十分安全，只有偶爾飄下來油漆碎屑。冷藏庫裡只有美國人及四名守衛和一些動物屍體，其他守衛在空襲開始前已回家休息，和家人一起被炸死。

就是這樣。

比利先前撞見的裸體女孩們躲在牲畜圈舍另一區一個淺得多的防空洞，也全死了。

就是這樣。

有名守衛時不時走到樓梯口探查外面的情況，然後便下來和其他守衛細聲交談。外頭一片火海，德勒斯登陷入大火中，所有有生命、可燃燒的東西全不見了。

一直到隔天中午才能安全回到地面，美國人及守衛出來時，天空被黑色煙塵籠罩住，太陽只剩下一小光點，德勒斯登現在好像月球表面，什麼東西也沒有，只剩礦物。石頭仍舊炙熱，周遭的人全沒了性命。

就是這樣。

守衛本能地聚在一起四處張望，他們臉部表情變了又變，嘴巴張老大，但沒人發出聲音，彷彿默劇版四重唱。

「永別了，」他們可能會這麼唱：「我的老朋友，永別了，我心愛的人，願上帝保佑你們。」

「跟我說個故事好嗎？」在特拉法瑪鐸星動物園裡，蒙塔娜．懷德哈克有次這麼對比利．皮格利姆說。他們肩並肩躺在床上，篷蓋罩住圓頂，為他們提供隱私空間。此時蒙塔娜已有六個月身孕，身材豐滿許多，臉龐也十分紅潤，偶爾懶洋洋地要求比利做些小事。圓頂外的空氣充滿氰化物，所以她無法叫比利出去買冰淇淋或草莓，而且最少也要穿越幾百萬光年才買得到。

但她可以叫他去冰箱拿東西（冰箱上有幅畫，是情侶在騎雙人腳踏車），或者像現在一樣，撒嬌地說：「比利小子，跟我說個故事好嗎？」

「德勒斯登在一九四五年二月十三日晚上遭到摧毀，」比利開始講了：「我們隔天才離開防空洞。」他也向蒙塔娜提到那四名守衛的震驚與哀慟，還有他們和派對的四重唱有多相似。他說，原本的牲畜圈舍，不管是圍欄圍起來的，還是有窗戶、有屋頂的，全都消失了，到處是小木塊。此外，人們也在火海中喪命。就是這樣。

比利也提到原本形成低矮懸崖陰影的建築物皆崩塌毀壞，裡頭的木料被燒得乾乾淨淨，石材被轟得碎爛，在地上堆積成低矮的起伏丘陵。

「彷彿月球表面。」比利．皮格利姆說。

守衛要美國人四個排成一列，美國人照令行事，然後他們回到休息睡覺的豬舍，牆壁還直挺挺站著，但窗戶跟屋頂無影無蹤，豬舍內只剩灰燼與玻璃融化後黏結在一起的玻璃球。倖存者意識到這裡已沒有食物及飲水，想活命就得穿越高低起伏的月球表面。

他們的確穿越了。

那些高低起伏只有從遠處眺望時才顯得平滑，真正在其中移動的倖存者發現根本不是這麼一回事，到處潛藏危機及尖銳物，還有依舊熱燙的物品等著經撞擊產生爆炸，進而形成更低、更穩固的高低起伏。

穿越月球表面這趟路上沒什麼人講話，畢竟說什麼都不對。但有件事清晰明瞭：城裡居民，不管什麼身分皆該死，要是有人現在還在裡頭移動，那表示計畫設計不周全。月球上根本不該有人。

美國戰鬥機頂著煙霧檢查是否有東西在移動，後來發現比利一行人，於是使用機關槍掃射，但子彈全打偏。接著，他們又看見河邊有其他人在移動，於是也開槍射擊，還殺死其中幾個。就是這樣。

這場大轟炸的目的是加速戰爭結束。

比利的故事很奇怪，完結在一個沒被火舌及炸彈侵擾的郊外地區。守衛及美國人於傍晚抵達一間有開門做生意的旅館，裡頭燭光四處，樓下三座壁爐冒著火光，空著的桌椅及樓上的空床都等待著入住客人使用。

旅館老闆是個盲人，負責掌廚的妻子則視力正常，兩名年輕女兒幫忙服務客人及清理房間。這家人知道德勒斯登被夷為平地，視力正常的都看得見熊熊火光，他們現在就好像住在沙漠邊緣，但依舊開門做生意，依然擦玻璃、替時鐘上發條、添柴火，翹首盼望客人上門。

然而，德勒斯登那邊沒來半個難民，時鐘滴滴答答地走，火堆偶爾發出啪哂聲，半透明的蠟燭也燒得蠟炬成灰。後來終於有人敲門，是四名守衛及一百名美國戰俘。

旅館老闆問守衛是否來自德勒斯登。

「對。」

「還會有其他人來嗎？」

守衛說，他們一路艱辛跋涉，沒看見其他倖存者。

盲眼老闆讓美國人在馬廄過夜，還提供他們熱湯、代用咖啡及一些啤酒，老闆離開馬廄時，聽見美國人躺進稻草堆的聲音。

「晚安，美國人，」他以德語說：「好好睡吧。」

9

比利．皮格利姆是這麼失去妻子瓦倫西亞的。

糖叢山空難後，他意識昏迷，躺在佛蒙特州一家醫院裡，瓦倫西亞收到通知便開著凱迪拉克El Dorado跑車一路從依里亞姆到醫院。聽聞比利不死也會變成植物人，瓦倫西亞完全崩潰。她非常愛比利，所以邊開車邊嚎啕大哭，以至於在高速公路上錯過該轉彎的叉路，緊急煞車時遭到後方賓士追撞。沒有人受傷，感謝上帝，他們都有繫安全帶，感謝上帝，感謝上帝，賓士只有一個車頭燈受損，但凱迪拉克後車身已經稀巴爛。後車廂被撞開，模樣就像鄉下傻蛋說自己一無所知時的那張嘴，擋泥板跟保險桿被撞歪，桿上有張「總統大選請支持雷根」的貼紙，後車窗被撞出一道道裂痕，排氣管飛到人行道上。

賓士駕駛下車走到瓦倫西亞身邊，想知道她是否無恙。瓦倫西亞歇斯底里地叫喊著比利和空難的事情，然後把排氣管留在人行道上，再度發動車，穿越安全島。

當她抵達醫院時，大家都跑到窗戶邊想知道外頭為什麼有那麼大的聲響，沒了消音器的凱迪拉克車聲就像重型轟炸機轟隆隆地飛過來。瓦倫西亞熄了火，但接著她突然趴倒在方向盤上，喇叭聲因而叭叭響不停。一名醫生與一名護士跑出來發現狀況不對，可憐的瓦倫西亞一氧化碳中毒、失去意識，膚色如天空般藍。

一小時後，瓦倫西亞死了。就是這樣。

比利完全不知道這件事，只是繼續神遊，在時空中來去。醫院太多病人，比利無法有屬於自己的病房，所以和哈佛大學歷史教授貝川．克普蘭．藍福爾德住在同間病房。比利的病床被移動式白色隔簾圍住，因此藍福爾德看不到比利，但聽得見他偶爾自言自語的聲音。

藍福爾德滑雪時摔斷左腳，現正接受牽引治療。他七十歲了，但身心年紀只有一半，摔斷腿時正和第五任妻子度蜜月，妻子叫莉莉，二十三歲。

可憐的瓦倫西亞被宣告不治時，莉莉正抱著一堆書走進比利及藍福爾德的病房。藍福爾德正在編撰一本講述二次世界大戰美國空軍歷史的作品，所以要她到波士頓找這些書，主題全關於莉莉出生以前所發生的轟炸事件及空戰。

「你們先走，不用管我。」漂亮的小莉莉走進病房時，比利這麼胡言亂語。藍福爾德初次見到莉莉時，她是個打扮新潮的活潑女孩，當下他就想娶她。莉莉高中輟學，智商一〇三，此時小聲對丈夫表達對比利的感覺：「他好恐怖。」

「他真的讓我受不了！」藍福爾德大聲回應：「在夢中不斷放棄、投降、道歉跟要求別人先走。」藍福爾德是退休空軍准將、空軍歷史學家、正教授、二十六本書的作者、出生便是千萬富翁、各大航海比賽最出色的參與者之一，最暢銷的著作在探討六十五歲以上男人的性生活與激烈運動。此時，他引用與自己相像的老羅斯福總統一句話：

「我用香蕉雕出來的男人都比他強。」

藍福爾德要莉莉到波士頓辦的事情中，有一項是影印杜魯門總統針對廣島原子彈轟炸事件所發表的宣言。影本現在在她手中，藍福爾德問她有沒有先讀過。

「沒有。」她閱讀能力不好，是輟學的原因之一。

藍福爾德要她坐下來好好讀一讀，他不曉得莉莉閱讀能力差，或該說他對她所知甚少，只知道她是向外界證明他有超人能力的展示品之一。

於是莉莉坐下來，假裝在讀宣言，該宣言如下：

> 十六個小時前，一架美國飛機於廣島的日本重要空軍基地投擲一顆炸彈，那炸彈的威力超過兩萬噸黃色炸藥，英國的大滿貫飛彈（Grand Slam）堪稱戰爭歷史中最大型炸彈，但這顆炸彈的威力比它強兩千多倍。
>
> 日軍空襲珍珠港引發戰事，之後付出數倍代價，但並非到此為止。這顆炸彈將增添新一波傷亡、新一筆革命性毀滅紀錄，並且促成我國空軍成長茁壯。目前我們已著手生產同款式炸彈，亦投入心力研發更強類型。
>
> 那是顆原子彈，是駕馭宇宙基礎元素的成果。太陽為了發光發熱所吸取的能量，如今於遠東戰場釋放。

一九三九年前，科學家相信釋放原子能在理論上行得通，但沒人真正辦得到。然而，到了一九四二年，我們得知德軍正瘋狂研究如何將原子能應用到各類戰爭武器上，藉此征服世界。但他們未能實現野心。我們或該感謝上帝，使德軍太晚研發出V1和V2飛彈，並且無法大量生產，亦更該慶幸他們未能製造出原子彈。

一如海、陸、空戰鬥，實驗室戰鬥亦具備致命危險，如今，我們於實驗室戰鬥取得與其他戰鬥相同的勝利。

現在，我們準備加快腳步，根除日本境內所有地面軍武設施，杜魯門如此宣布，我們將摧毀他們的碼頭、工廠及通訊設備。其間不容出錯，我們將全面摧毀日本發動戰爭的能力。這是為了拯救——

諸如此類。

莉莉替藍福爾德找的書中，有本叫《德勒斯登大轟炸》，作者是英國的大衛．爾文，美國版於一九六四年由霍特萊因哈特溫斯特出版社出版。藍福爾德找這本書是為了它的序，由他認識的美國退役空軍中將埃拉．伊克及英國空軍元帥羅伯特．桑德比爵士所寫，桑德比爵士曾獲頒巴斯勳章、大英帝國勳章、軍功十字勳章、傑出飛行十字勳章及空軍十字勳章。

英、美兩國人哀慟敵國人民遭殘殺，卻未曾對戰死沙場的英勇友軍將兵流過半滴眼淚，這實在費解，伊克中將這麼寫道，當爾文先生在描述德勒斯登人民如何被殘忍屠殺時，他當該記得，V1與V2飛彈當時正落降在英國境內、發揮其與生俱來的作用，一視同仁地奪走男女老幼人民的性命。此外，他也當該記得布亨瓦德集中營及考文垂大轟炸。

伊克的前言結尾如下：

> 我對英、美轟炸機於德勒斯登奪走十三萬五千條人命深感痛惜，但我記得發起戰爭的是誰，並痛惜那為了完完全全擊敗、摧毀納粹主義所失去的五百多萬條人命。

就是這樣。

空軍元帥桑德比寫的序重點如下：

> 無可否認，德勒斯登大轟炸是場大悲劇。讀完此書，鮮少人會認同執行該次空襲之必要性。該次轟炸是戰爭期間偶爾會發生的壞事之一，乃各種狀況綜合影響所產生的不幸結果。批准該次空襲的人既不邪惡也不殘酷，但或許過度偏離殘酷的戰爭現實，因而沒能意識到一九四五年春季那場轟炸所將帶來的駭人毀滅力量。
>
> 提倡解除核子武裝的人似乎認為，只要達成此一目標，日後戰爭將變得較可忍受、較不殘酷。這些人該讀讀這本書、想想德勒斯登的命運，那裡有十三萬五千個人死於傳統武器空襲之中。而一九四五年三月九日那晚，美國重型轟炸機使用燃燒彈與強力炸彈攻擊東京，造成八萬三千七百九十三人死亡。至於投擲在廣島的原子彈則奪走七萬一千三百七十九條人命。

就是這樣。

「如果你們哪天到懷俄明州的科迪市，」白色隔簾後頭的比利喊著：「記得找瘋狂鮑柏！」

莉莉・藍福爾德嚇得發抖，繼續假裝在讀杜魯門的宣言。

那天晚些時候，比利的女兒芭芭拉來到醫院，她因為服藥而眼神呆滯，看起來跟被槍決前的可憐老德比很像。醫生開了些藥給芭芭拉，好讓她能在父傷母亡的情況下繼續過生活。就是這樣。

一名醫生及一名護士陪她進入病房，哥哥羅伯特則正從越南戰場趕回來。「爸——」她試著叫醒他：「爸——」

但比利在十年以外的時空裡，他身處一九五八年，正在幫一名罹患唐氏症的男孩檢查眼睛、配眼鏡。男孩母親站在一旁幫忙翻譯男孩說的話。

「你看到幾個點？」比利・皮格利姆問道。

接著，比利時空旅行到十六歲的時候，正在等候室裡準備看醫生，他的拇指被細菌感染了。除了比利，等候室裡只有另一個病患，那人非常老，深受排氣所苦，他放了個大屁，然後又打嗝。

「不好意思。」老人這麼對比利說，又開始放屁、打嗝。「天啊，」他說：「我知道變老不是件好事，」他搖搖頭：「但不知道會這麼糟糕。」

比利睜開眼睛時來到佛蒙特州醫院內，但弄不清自己身在何處。他看見兒子羅伯特，羅伯特身穿知名綠扁帽特種部隊的制服，短髮搭配小麥色短鬚給人整齊乾淨的印象。此外，他身上還配戴著紫心勳章、銀星勳章及銅星勳章。

這是當年讀高中被退學的男孩，當時十六歲的他愛喝酒、整天和豬朋狗友廝混，還曾因推倒天主教墓園裡數百座墓碑而被逮捕。現在的他成為正直青年，不但姿態端正、鞋子光亮、褲子平整，還負責帶領士兵作戰。

「爸——？」

比利．皮格利姆再次閉上雙眼。

比利身體狀況太差，因此沒能出席妻子的葬禮，不過，瓦倫西亞被埋進依里亞姆土地中時，他其實已經恢復意識。意識恢復後，他變得寡言，對於瓦倫西亞的死、羅伯特從戰場返家以及其他事情並未多做回應，所以其他人以為他真的變成植物人，並開始討論之後要動手術，好改善他大腦的血液循環。

比利那樣默默無言其實只是偽裝、隱藏內心的澎湃思緒，他心裡想著要透過寫信與演講，告訴大眾飛碟的樣貌、死亡如何微不足道和時間的真正本質。

藍福爾德教授以比利也聽得見的音量說壞話，他深信比利的腦子已經完全壞掉，還問莉莉：「為什麼不乾脆結束他的生命？」

「我不知道。」她回答。

「他那樣已經不算個人。醫生負責治人，他該被送到素食者那邊或者給樹醫治療，他們才知道該怎麼做。看看他！醫學專業人士說那是條生命，生命是不是很美好啊？」

「我不知道。」莉莉說。

藍福爾德有次向莉莉提到德勒斯登大轟炸，比利全聽進耳裡。藍福爾德碰到一個問題，這本二次世界大戰美國空軍歷史單冊著作本該是二十七冊官方紀錄的精華版，然而，儘管德勒斯登空襲是場重大勝利，那二十七本書卻幾乎未有著墨，即使戰爭結束好幾年，美國人依舊對那次勝利的影響渾然不知。德國人當然不把它當成祕密，於戰爭中占領德勒斯登、戰爭後繼續統治該地的俄國人也是如此。

「美國人最後終於聽聞德勒斯登空襲事件，」藍福爾德於空襲發生二十三年後說：「許多人才知道那場轟炸比廣島空襲還慘烈，所以我得在書裡提這起事件。從空軍的官方角度來審視這場大轟炸會是全新觀點。」

「為什麼他們要隱藏這件事情那麼久？」莉莉問道。

「擔心有人會心碎啊，」藍福爾德這麼回答：「有人會覺得那場空襲很不光彩。」

此時，比利．皮格利姆伶俐地說起話：「我當時在那裡。」

藍福爾德一直將比利當成討厭、死了最好的非人類，所以實在很難認真聽他說話。比利現在講話清晰切題，藍福爾德的耳朵以為聽到無關緊要的外國話。「他說什麼？」藍福爾德這麼問。

莉莉得充當口譯員解釋：「他說他當時在那裡。」

「他當時在哪裡？」

「我不知道。」莉莉說完便問比利：「你當時在哪裡？」

「德勒斯登。」比利這麼回答。

「德勒斯登。」莉莉告訴藍福爾德。

「他只是在重述我們說的東西。」藍福爾德表示。

「喔。」莉莉說。

「他罹患模仿言語症。」

「喔。」

模仿言語症是一種精神疾病，病患聽見身邊的人說什麼話，便會馬上重述。比利沒得這種病，但藍福爾德卻如此堅稱，好讓自己好過些，他的思維模式就像個軍人：有個討厭的人（他恨不得這個人快死掉），基於某些實際因素，罹患可憎的疾病。

接下來幾個小時裡，藍福爾德依舊堅稱比利罹患模仿言語症，像現在他就這麼告訴醫生及護士。院方對比利進行一些測驗，想讓比利模仿特定言語，但他並未模仿。

「他現在沒做，」藍福爾德氣急敗壞地說：「但是只要你們離開，他就又會開始模仿。」

醫生和護士沒把藍福爾德的話當一回事，只當他是討厭、自大又殘酷的老人，他常直接或間接地說弱者都該死，而醫護人員當然都信奉保護弱者的理念，他們不覺得有人天生該死。

比利在醫院裡的情形跟戰爭期間普通人常遇到的狀況很像：向一群充耳不聞、視而不見的敵人證明自己想聽、想說。他保持沉默到夜燈亮起，接著，在長時間寂靜之後，他告訴藍福爾德：「德勒斯登被轟炸時我人在現場，我當時是戰俘。」

藍福爾德不耐煩地嘆氣。

「我以個人榮譽保證。」比利．皮格利姆說：「你相信我嗎？」

「我們非得現在談這件事嗎？」藍福爾德聽見了，但不相信。

「我們也可以不談，」比利回答：「我只是想讓你知道，我當時在那裡。」

那晚，德勒斯登未再被提起，比利闔起雙眼，時空旅行至五月午後，二戰歐洲戰事結束過了兩天，比利及五名美國戰俘駕著長得像棺材的綠色馬車，馬車原本被丟在德勒斯登郊區，現在由兩匹馬拉著，噠噠噠地跑在清理過後的小道上，他們打算回屠宰場拿戰利品。比利小時候住在依里亞姆，每天一大早都有人駕著馬車送牛奶，此時的馬蹄聲使比利想起當時情景。

比利坐在搖搖晃晃的棺材後面，頭向後仰、鼻孔微張，他很開心，覺得很暖和，馬車裡有食物和酒，還有一臺相機、集郵冊、貓頭鷹標本以及靠氣壓變化作為動能的壁鐘。美國人進入用來監禁他們的郊區屋舍，找到這些還有其他許多東西。

原本的擁有者一聽說俄國人即將來這裡燒殺姦掠，全逃走了。

但戰爭結束已經兩天，俄國人也還沒來，廢墟中一片平和，前往屠宰場的路上，比利只看見一名路人，那個老人推著嬰兒車，車裡裝滿杯子、水壺、傘骨及其他找到的東西。

抵達屠宰場後，比利留在車上曬太陽，其他人則進去找戰利品。之後的人生裡，特拉法瑪鐸星人會建議比利專注在人生中的快樂時光，不要在乎悲傷片刻，在永恆時光中只須關注美好事物。如果比利真的可以選擇，那此時在馬車上沐浴日光、順便小憩，會是他最快樂的片刻。

睡覺時，比利．皮格利姆依舊武裝不離身，這是他接受基礎訓練後首次拿到武器，同伴們堅持要他帶在身邊，沒人知道月球表面那些起伏丘陵裡藏了什麼殺手，搞不好是野狗、吃屍體長胖的老鼠、逃犯或自己死前絕不停止殺戮的士兵。

比利腰間插著一大把騎兵手槍，是一次世界大戰的遺產，槍托有吊帶環，槍膛裝滿知更鳥蛋大小的子彈，比利在某間房屋內的床頭桌發現這把槍，世界大戰打到最後變成這樣：想要武器的人都拿得到，反正俯拾即是。此外，比利還有把軍刀，是納粹空軍儀式用刀，刀柄印著隻嘯鷹，那隻老鷹背著納粹黨徽睥睨物表。比利搭乘馬車時在電線桿上發現這把刀，於是順手抽走。

此時，比利稍稍醒轉，他聽見一對男女用悲憫的語氣以德語講話，激動地安慰著什麼。睜開眼前，比利一直覺得他們的語氣跟將耶穌的屍體從十字架上放下來的朋友類似。就是這樣。

比利睜開眼，看見一名中年男子和妻子正朝著馬兒哼哼說說，他們注意到美國人沒注意到的事情——馬兒的嘴被馬勒劃傷、血流不止，馬蹄也裂開了，於是每跑一步就痛一步，此外，牠們全渴得要命。美國人根本把這些馬當成沒感覺的六汽缸雪佛萊轎車。

這對安撫馬兒的夫妻移到馬車後頭，責備性地瞪著高瘦軟弱、穿著藍色寬袍及銀鞋的比利。他們並不怕他、不怕任何東西，他們是產科醫生，醫院被燒毀前都還在接生小孩，現在在以前住的公寓附近野餐。

那名妻子長相嬌美，但吃太多馬鈴薯而神采黯淡。那名丈夫則穿西裝、打領帶等等，馬鈴薯令他面容憔悴，他和比利一樣高，臉上掛著銅框眼鏡。雖然這對夫妻生命中充滿嬰兒，他們也能生育，但結果卻沒半個子女，可說是「生育」這概念的有趣注解。

他們嘗試以九種語言與比利溝通，因為他穿著滑稽，而可憐的波蘭人在二戰中被迫當丑角娛人，所以波蘭語是最先嘗試的語言。

比利用英文問他們要什麼，他們立刻以英文責備他沒好好照顧馬，還要他下車去看馬的狀況有多糟糕。比利見了哭出來，在這之前，他從未對戰爭中任何事情痛哭。

之後，比利成為中年驗光師，偶爾會靜靜、偷偷地流淚，但也從不大哭。這就是這本書選擇知名聖誕頌歌的四行詩作做題詞的原因。儘管比利常遇到催淚的事情，但卻甚少落淚，至少這點很像四行詩裡的耶穌基督：

牛隻低哞，
聖嬰醒。
幼主耶穌，
不嗚嚶。

比利再次時空旅行至佛蒙特州的醫院裡，此時已經用完早餐，藍福爾德教授不由自主地對身為人類的比利產生興趣，還板著臉孔質問比利關於德勒斯登的事情，確認他真的去過那邊。他問比利德勒斯登當時長怎樣，比利則提到馬兒及在月球表面野餐的夫妻。

故事是這麼結束的：比利及兩名醫生解開馬具，但馬兒的腳太痛，於是動也不動。然後俄國人騎著摩托車過來，他們逮捕所有人，但將馬留在原地。

兩天後，比利被轉交給美軍，接著搭乘名為「露克麗霞・莫特」的貨輪慢速返鄉。露克麗霞・莫特是美國名人，大力推動女性參政權，現已作古。就是這樣。

「這是不得不的決定。」針對德勒斯登大轟炸，藍福爾德如此對比利解釋。

「我知道。」比利如此回答。

「那是戰爭。」

「我知道，我沒有抱怨。」

「當時那塊土地一定跟地獄差不多。」

「沒錯。」比利・皮格利姆說。

「負責轟炸的人真可憐。」

「是啊。」

「你當時在那裡應該五味雜陳吧。」

「還好，」比利・皮格利姆如此回答：「一切都還好，大家都有必須做的事情，這是特拉法瑪鐸星人說的。」

那天稍晚，芭芭拉來接比利回家，她讓他躺上床、啟動魔術手指。屋裡有名護士，比利至少這陣子都不能工作或離開住處，現在是觀察期。

但比利趁護士不注意時溜出去，開車到紐約市，希望能上電視，他打算與世人分享特拉法瑪鐸星人的知識。

比利．皮格利姆住進紐約四十四街的美崙大飯店，還碰巧住到喬治．強．納森以前住的房間。納森是美國知名評論家兼編輯，根據地球人時間，他在一九五八年去世。當然，在特拉法瑪鐸星人思維裡，納森仍在某處活著，永遠地活著。

那間房既小又樸素，但位在頂樓，有落地窗通往和房間一樣大的陽臺，陽臺女兒牆外是四十四街上空，比利趴在牆上俯瞰底下熙來攘往的人潮，他們看起來好像忽動忽停的小剪刀，真是有趣。

夜帶著涼意，因此比利待了一下便回房間，他關上落地窗，關上蜜月回憶，安角的蜜月公寓也有落地窗，以前有，永遠都會有。

比利打開電視，拿著遙控器按來按去，想搜尋適合自己上的節目，但現在還太早，沒有邀請想法特殊的人出場的節目。時間剛過八點，因此節目皆與愚昧或謀殺有關。就是這樣。

比利離開房間，搭乘緩慢移動的電梯到一樓，然後前往時代廣場。他在某間俗氣的書局玻璃窗外向內望，看到幾百本講述性愛、肛交及謀殺的書籍，另外還有一本紐約市街道指南及附有溫度計的自由女神模型。這面滿是煙塵及蒼蠅大便的窗戶後頭還有四本平裝版著作，是齊爾果・特洛特的書。

同時，比利身後建築物的跑馬燈正在播放本日新聞，字字句句反射在書局玻璃窗上，新聞與權力、運動、憤怒及死亡有關。就是這樣。

比利走進書局。

書局有塊板子寫道：後方僅限成人進入。那裡有偷窺秀，顧客透過一臺機器看電影，影像全是赤身裸體的年輕男女，看一分鐘二十五分錢。此外，書局後頭也有裸照供人買回家，這些靜物照想看隨時看得到、永遠不變，所以比影像更具特拉法瑪鐸風格。二十年後，這些腿張得開開的女孩依舊年輕、仍然掛著微笑、撩人慾火或舉止愚蠢。照片中的女孩有些在吃棒棒糖或香蕉，未來她們仍然會把東西吃在嘴裡。此外，年輕男子的老二仍舊會呈現半充血狀態，肌肉照樣會像砲彈一般厚實。

比利・皮格利姆並未迷失在這家書局的後面，反而是書局前面的特洛特著作令他興奮，那四本書他都沒讀過，或者他這麼認為。他翻開其中一本，這麼做好像沒關係，反正書局裡其他人也都伸手摸東西，書名叫《大看板》，讀了幾段後才發現已經看過——幾年前在榮民醫院的時候。故事在講一對地球男女被外星人綁架，送到名為鍺二一二的星球上，成為動物園展示生物。

故事中，動物園給這兩個人準備大看板，板子掛在住處某面牆上，專門顯示股市報價及日常用品的價格。此外，動物園還提供新聞跑馬燈及可以聯絡地球股票經紀人的電話。鋯二一二星人說，他們替這兩個俘虜在地球投資一百萬，供其任意操作，這樣他們回地球時將會成為大富翁。

電話、大看板和新聞跑馬燈當然全是假的，目的是要讓地球人在動物園遊客面前表現生動些，讓他們跳上跳下、喜悅得意、生氣悲傷、抓扯頭髮、擔心驚恐，或像母親臂彎裡的寶寶一樣心滿意足。

帳面上看來，這對地球人表現相當出色，但這當然是操作出來的。此外，宗教也是重要元素，新聞跑馬燈提到，美國總統宣布制訂全國禱告週，全國人民皆須禱告。禱告週到來前，他們的投資表現很糟糕，只在橄欖油期貨賺了些小錢，因此他們非常用力禱告。

禱告奏效，橄欖油價格上揚。

另一本特洛特作品的主角想製造時光機，打算回到過去見耶穌，結果他成功見到耶穌，而他當時只有十二歲，正在父親身邊學做木工生意。

兩名羅馬帝國士兵走進店裡，手中抓著一張莎草紙，上頭是某種器具的草圖，隔天日出前就要成品。那器具是個十字架，準備拿來處決煽動民眾的人。

耶穌和父親做好十字架，他們很高興能得到這份工作。而那個煽動民眾的人則在十字架上被處決。

就是這樣。

書局由五個人經營，那幾個又矮又禿的男人看起來像五胞胎，嘴裡嚼著沒點燃的雪茄，還滿身大汗、臉色嚴肅地坐在各自的凳子上。他們靠販賣色情照片及電影賺錢，已經對那些東西麻痺，所以老二一點也沒硬，比利也是，但其他人都性致勃勃。那真是家滑稽的書局，裡頭全是情愛生育相關的東西。

店員偶爾會對顧客說，不買就離開，不要只是看看摸摸。有些顧客不看書只看人。

有名店員走到比利身邊，告訴他好東西在後面，他正在讀的書只是窗戶邊的裝飾品。店員說：「天啊，你要的東西在後面。」

於是比利往後面移動，但沒走到成人專區，他移動腳步只是出於禮貌，手上還拿著本特洛特的小說——講耶穌與時光機那本。

書裡，時空旅行者回到聖經時代尋找真相：耶穌是否真的死在十字架上？被放下來的時候是否還活著？是否有活下去？小說的主角帶著聽診器穿越時空。

比利直接跳到故事結尾，主角和其他人一起將耶穌從十字架上放下來，身穿當時衣著的主角率先爬上梯子，他緊挨著耶穌，所以沒人注意到他使用聽診器，主角專心傾聽。

從束縛中被解開的胸膛內毫無聲響，神子死透了。

就是這樣。

名為藍斯・柯溫的時空旅行者也替耶穌測量身高，但沒量體重，耶穌身長五呎三吋半。

另一名店員走到比利身邊，問他有沒有打算買書，比利說有，請幫忙結帳。他背後那一整書架的書全和性交相關，時間點從古埃及直到現代，店員以為他要買這方面的書籍，所以意識到比利手中是什麼書時還嚇一跳，他說：「天啊，這本書在哪找到的？」還告訴其他店員，有神經病想買窗戶邊的裝飾品，其他店員早就發現比利這號人物，已經盯好一陣子。

忙著找零的收銀員站在一桶過時女性雜誌旁邊，比利用眼角瞄了一回，看見某本封面印的問題：「蒙塔娜・懷德哈克近況如何？」

於是比利拿起來讀，當然，他知道蒙塔娜・懷德哈克現在在哪裡，她在特拉法瑪鐸星照顧小孩，但名叫《午夜小貓咪》的雜誌卻言之鑿鑿地說，蒙塔娜被做成水泥塊，躺在聖派特羅灣三十噚[9]深海水裡。

就是這樣。

比利好想大笑，這本專門給孤單男人拿來自慰的雜誌特地編造這故事，才能把蒙塔娜十幾歲時拍情色電影的圖片放進雜誌內。比利正眼不瞧那些照片，反正那些圖模模糊糊，說是別人

---

9 一噚等於一點八二九公尺。

也沒問題。

又有人叫比利去書局後面，他這次真的走了過去。偷窺秀播放機前有名水手，他已經看膩所以離開，留下還在播放的影片，比利於是湊上前看，裡頭是蒙塔娜躺在床上剝香蕉。影片戛然而止，比利絲毫不想知道接下來發生什麼事。有名店員拉著要他過去看真正棒的東西，只有行家才看得到。

比利有些好奇。只見店員色迷迷地從櫃檯底下拿出一張照片，原來是一個女人跟席德蘭矮種馬性交的照片，人跟馬兩旁排著多立克柱，後面有塊絲絨垂布，垂布襯邊有毛球裝飾。

比利那晚並未上紐約電視節目，但參加了廣播電臺的談話性單元。那電臺就在美崙大飯店隔壁，比利在那棟大樓門口看見電臺招牌，於是便走了進去。他搭全自動電梯到廣播室，門口有些人正等著進去大談特談，討論小說是否走到末路。那些人都是文學評論家，他們以為比利也是。就是這樣。

後來，比利和其他人一起坐到金色橡木桌邊，每人皆有自己的麥克風，主持人問比利姓名、代表那家報社，他回答《依里亞姆報》。

比利既緊張又開心，他告訴自己：「如果你們哪天到懷俄明州的科迪市，記得找瘋狂鮑柏！」

節目一開始比利就舉手想發言，但主持人一開始先點其他人。其中一個說，阿波馬托克斯法院戰役[10]過一百年，有維吉尼亞州作家寫出《湯姆叔叔的小屋》，看來小說現在消失最好。另一個人說現代人閱讀能力差，沒辦法在腦中將文字轉化成刺激情景，所以作家還得效仿諾曼．梅勒，將所寫文字表演出來。主持人問大家，小說在現代社會扮演怎樣的角色。有名評論家說：「在四面全白的牆上增添色彩。」另一個說：「以文學字眼描述口交。」還有一個表示：「教導年輕官夫人該買什麼以及如何在法國餐廳用餐。」

接著，主持人讓比利發言，他開口便講，以練習過的美好腔調講飛碟、蒙塔娜．懷德哈克以及其他事情。

廣告時，比利被請了出去，於是他回到飯店房間，花二十五分錢啟動魔術手指，然後沉沉睡去。他時空旅行到特拉法瑪鐸星。

「又時空旅行了？」蒙塔娜問道，此時圓頂內被營造成夜晚，她正在哺乳。

「什麼？」比利如此回應。

「我看得出來你又時空旅行了。」

「呃。」

「你這次上哪去了？我也看得出來不是去戰場。」

---

10 美國南北戰爭後期之戰事。

「紐約。」

「大蘋果啊。」

「什麼？」

「大家都這樣稱呼紐約。」

「喔。」

「有去看舞臺劇或電影嗎？」

「沒有——我只去時代廣場晃晃，然後買了本特洛特的小說。」

「你真幸運。」她並未對特洛特的小說感到興奮。

比利隨口提到蒙塔娜年輕時演的激情電影，她也隨便回應，反正這就是特拉法瑪鐸風格，而且蒙塔娜並不覺得自己犯什麼罪。

「對啊——」她說：「聽說你在戰場上穿得像小丑一樣，也聽說被槍殺的高中教師和行刑隊一起拍了部激情電影。」她將嬰兒移到另一側乳房，這個片刻的發展就是這樣。

一陣沉默。

「他們又在調時鐘了。」蒙塔娜站起身，準備將寶寶放回嬰兒床。她的意思是說，動物園管理員會調整圓頂內的電子鐘時間，先變快，然後變慢，接著又變快，同時從窺視孔觀察這個小小地球人家庭的反應。

蒙塔娜・懷德哈克的脖子上掛著一條銀項鍊，上頭還有塊心形鍊墜垂在胸前，鍊墜裡的照片是她那酗酒的母親，圖模模糊糊，說是別人也沒問題。鍊墜外殼刻著幾排字：

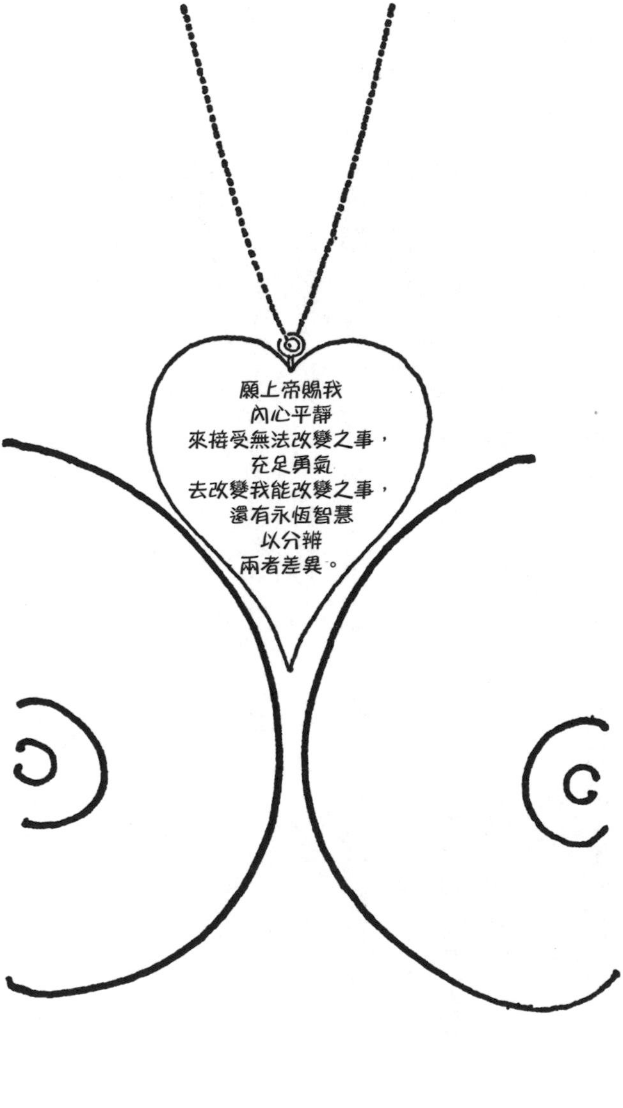
願上帝賜我
內心平靜
來接受無法改變之事，
充足勇氣
去改變我能改變之事，
還有永恆智慧
以分辨
兩者差異。

10

羅伯特・甘迺迪的夏季住處離我整年居住的屋子只有八哩遠，他前晚中槍，昨晚死去。就是這樣。

馬丁・路德・金一個月前中槍，也死了。就是這樣。

日復一日，我的政府總會報告軍事科技在越南奪走多少人命。就是這樣。

我的父親多年前去世，是自然死亡。就是這樣。父親很可愛，也熱中收集槍械，身後留給我許多槍，但都鏽了。

比利・皮格利姆說，特拉法瑪鐸星人對耶穌基督無感，對達爾文比較有興趣——達爾文表示，死亡乃注定，一具具屍體代表一步步改進。就是這樣。

齊爾果・特洛特的《大看板》也提及同樣的概念，飛碟生物抓走主角，問他達爾文的事情，也問到高爾夫。

特拉法瑪鐸星人告訴比利，不管在某些片刻你我死得多徹底，我們依舊能永遠活著，如果這觀念正確無誤，我也不會多高興。然而，如果真的要在不同片刻間永遠生活下去，我倒是感謝自己的人生有許多美好片刻。

最近的美好片刻之一是我和老戰友歐海爾回德勒斯登。

我們搭匈牙利航空自東柏林起飛，蓄八字鬍的機長長得像好萊塢明星阿道夫・門吉歐，飛機加油時，他就在旁邊抽古巴雪茄。飛機起飛，但沒有廣播要乘客繫好安全帶。

來到空中，年輕空服員送上黑麥麵包、義式香腸、奶油、起司及白酒。我的收放式餐桌板拉不開，於是空服員到座艙找工具，回來時手上握著啤酒開罐器，用來撬開餐桌板。

除了我，機上只有六名乘客，大家語言各異，但都十分盡興。飛機底下是東德國土，家家戶戶點亮燈火，我想像朝那些燈火、村莊、都市及城鎮拋擲炸彈。

歐海爾和我從沒想過能賺什麼錢，但現在卻生活優渥。

「如果你們哪天到懷俄明州的科迪市，」我懶洋洋地對他說：「記得找瘋狂鮑柏！」

歐海爾隨身帶著一本小筆記，筆記本背面印有世界各地郵資、飛行距離、名山高度及其他重要數據。他想知道德勒斯登人口多少，但筆記本沒寫，卻看到下面這段話，並且要我唸出來：

全球每日平均有三十二萬四千名新生兒。同一天裡，平均有一萬人死於飢餓或疾病。就是這樣。此外，有十二萬三千人因其他事故而死。就是這樣。這表示全球每日增加十九萬一千人。人口資料局預估，西元二〇〇〇年前，全球人口將成長兩倍至七十億人。

「他們大概都會希望過得有尊嚴吧。」我說。

「對啊。」歐海爾回答。

同時，比利・皮格利姆也時空旅行回德勒斯登，但是去以前那個，時間點是一九四五年，城市遭摧毀的兩天後。現在，廢墟中，比利和其他人於守衛看管下行進。我當時在那裡，歐海爾當時也在那裡，我們過去兩夜都睡在盲眼旅館老闆的馬廄內，後來相關單位找到我們，指示接下來怎麼做。我們向附近住家借十字鎬、鏟子、鐵橇跟推車，帶著工具到廢墟某處工作。

前往廢墟的主要道路架起路障，德國人只能走到這裡，無法進去探索月球表面。

那天早上，來自各地的戰俘聚集在德勒斯登某處，上級指示要從這裡開始挖屍體。挖掘工作於此展開。

比利發現搭檔是毛利人，在圖卜魯格被俘虜，他的膚色像巧克力，額頭跟臉頰有漩渦刺青。在這片死氣沉沉的月球表面，比利與毛利人不斷挖掘，廢墟結構鬆散，所以時常出現小規模坍塌。

當天挖了許多洞，但沒人知道到底要找什麼，而挖的洞也泰半一無所獲，只挖到人行道或搬也搬不動的大石頭。月球表面沒有機器，就連馬、驢或牛也進不來。

比利、毛利人及其他戰俘最後終於挖到一個木板與岩石交疊、意外形成的圓頂。他們在木板上鑽了個洞，看見底下漆黑一片。

有名德國士兵手拿手電筒進入，過了好久才終於回來，並向洞旁邊的長官報告，底下有十幾具屍體坐在長椅上，身上沒有任何名牌。

就是這樣。

長官說，木板洞要再挖大一點好架梯子，把屍體搬上來。德勒斯登第一場屍體挖掘工作就此展開。

沒多久，廢墟展開數百場屍體挖掘工作。屍體一開始並不臭，每個洞都像蠟像館，但後來開始腐爛、流屍水並散發芥子氣味與玫瑰花香。

就是這樣。

和比利搭檔的毛利人被指派進去臭氣薰天的洞裡工作，出來後不斷乾嘔、吐了又吐，身心交瘁而死。

就是這樣。

於是德軍想了個新方法，屍體不搬出來，改由士兵帶火焰槍處理，就地火化。於是士兵只須站在防空洞外，朝裡頭噴火。

可憐的老高中教師德比拿走某個洞裡的茶壺，被人以搶劫為由逮捕，審判結果是槍決。

就是這樣。

到了春天，屍洞封閉，士兵全去打俄國人。郊區的女人和小孩忙著挖壕溝，比利及其他戰俘則被關在馬廄內。有天早上，他們起床發現大門敞開，二次世界大戰歐洲戰事告終。

比利及其他人離開馬廄，走入林蔭街道，兩排樹木發芽長葉，而路上空空蕩蕩，什麼也沒有，唯一看到的交通工具是被棄置在路邊的馬車，綠色的車身形狀像棺材。

鳥兒唧唧叫。

有隻鳥對比利．皮格利姆說：「樸—提—威？」

馮內果年表

麥田編輯部整理

一九二二　十一月十一日出生於美國印第安那州。

一九三六　就讀蕭瑞吉高中。

一九四〇　就讀康乃爾大學，為校刊 *The Cornell Daily Sun* 撰寫專欄文章。二次大戰開始後，離開學校從軍，軍方送他去巴特勒大學修細菌學，接著到卡內基技術學校與田納西大學修機械工程。

一九四四　馮內果從部隊返鄉探親前一天，母親自殺過世。

一九四五　馮內果被德軍囚禁在德勒斯登戰俘營時，與戰俘躲進名為「第五號屠宰場」的地下肉類儲藏室，成為倖存七名美軍戰俘之一，並以此經驗寫出《第五號屠宰場》（*Slaughterhouse Five*）。戰爭結束後與高中同學Jane Marie Cox 結婚，生了三個小孩Mark、Edith與Nanette。

在芝加哥大學修習人類學，但沒拿到學位，轉而接受奇異公司的公關工作。

一九五〇　馮內果於《科利爾週刊》（*Collier's Weekly*）發表第一篇短篇故事〈倉屋效應報告〉（Report on the Barnhouse Effect），後收錄於一九六八年出版的《歡迎到猴子籠來》。

自此馮內果開始在《科利爾週刊》、《週六晚郵報》（*The Saturday Evening Post*）等各家刊物發表短篇小說，專事寫作。

一九五一　離開奇異公司，成為專職作家。

一九五二　馮內果第一本小說《自動鋼琴》（*Player piano*）出版。

一九五八　馮內果的姊姊、姊夫相繼過世，馮內果收養了他們的三個小孩Tiger、Jim與Steven。

一九五九　出版《泰坦星的海妖》（*The Sirens of Titan*）。

一九六一　出版《夜母》（*Mother Night*），於一九九六年改編電影、《哈里森・布吉朗》（*Harrison Bergeron*），以及第一部短篇小說集《貓舍裡的金絲雀》（*Canary in a Cat house*）。

一九六三　出版《貓的搖籃》（*Cat's Cradle*）。

一九六五　出版《金錢之河》（*God Bless You, Mr. Rosewater*）。

一九六八　出版《歡迎到猴子籠來》（*Welcome to the Monkey House*）。

一九六九　出版小說《第五號屠宰場》，奠定他在美國及世界文壇的地位，於一九七二年改編電影。

一九七〇　出版劇作《祝妳生日快樂》（*Happy Birthday, Wanda June*），同年於百老匯演出，一九七一年改編電影。

一九七一　與Jane Marie Cox離婚。
芝加哥大學以《貓的搖籃》作為論文，授與馮內果人類學碩士學位。

一九七二　出版*Between Time and Timbuktu*，同年改編為電視影集。
發表短篇小說〈空間大操〉（The Big Space Fuck），收錄於美國科幻小說大師哈蘭·埃利森（Harlan Ellison）選編的小說集《又是危險的幻象》（*Again, Dangerous Visions*）。

一九七三　出版《冠軍的早餐》（*Breakfast of Champions*），一九九九年改編電影。

一九七四　出版《此心不移》（*Wampeter, Forma And Granfalloons*）。

一九七六　出版《鬧劇》（*Slapstick*），一九八二年改編電影。

一九七九　與Jill Krementz結婚，育有女兒Lily。
出版《囚犯》（*Jailbird*）。

一九八二　出版《槍手狄克》（*Deadeye Dick*）。

一九八四　馮內果以酒服安眠藥企圖自殺未遂。

一九八五　出版《加拉巴哥群島》（*Galápagos*）。

一九八七　出版《藍鬍子》（*Bluebeard*）。

一九九〇　出版《戲法》（*Hocus Pocus*）。

一九九七　出版半自傳體《時震》（*Timequake*），在書中他誓言絕不再提筆，宣稱「上帝要我停止寫作」。

二〇〇二　重新提筆進行新的寫作計畫。

二〇〇五　出版《沒有國家的人》（*A Man Without A Country*）。

二〇〇七　四月十一日，在紐約市病逝，享年八十四歲。

二〇〇九　集結馮內果遺留下來的短篇小說、演講稿、書信等，出版《獵捕獨角獸》（*Armageddon in Retrospect: And Other New and Unpublished Writings on War and Peace*）。

二〇一二　集結馮內果的六篇短篇故事、一篇散文以及未完成的科幻作品，出版《人生就是那麼回事：馮內果短篇》（*Sucker's Portfolio*）。

二〇一三　丹・魏克菲（Dan Walkefiel）選編九篇馮內果的演說稿，並為之作序，出版《這世界還不好嗎？》（*If This Isn't Nice, What Is?*）。

二〇一四　丹・魏克菲選編馮內果的書信集，並為之作序，出版 *Kurt Vonnegut: Letters*。

GREAT! 32 **第五號屠宰場**
SLAUGHTERHOUSE-FIVE by KURT VONNEGUT
Inner Illustrations by Kurt Vonnegut
This edition arranged with THE BANTAM DELL PUBLISHING GROUP through BIG APPLE AGENCY, INC., LABUAN, MALAYSIA.

作者	馮內果（Kurt Vonnegut）
內頁插圖	馮內果（Kurt Vonnegut）
譯者	陳榮彬
封面設計	莊謹銘
責任編輯	巫維珍
國際版權	吳玲緯　楊靜
行銷	闕志勳　吳宇軒　余一霞
業務	李再星　李振東　陳美燕
總編輯	巫維珍
編輯總監	劉麗真
事業群總經理	謝至平
發行人	何飛鵬
出版	麥田出版 地址：115台北市南港區昆陽街16號4樓 電話：(02) 2500-0888　傳真：(02) 2500-1951
發行	英屬蓋曼群島商家庭傳媒股份有限公司城邦分公司 地址：115台北市南港區昆陽街16號8樓 網址：http://www.cite.com.tw 客服專線：(02)2500-7718 ｜ 2500-7719 24小時傳真服務：(02)2500-1990 ｜ 2500-1991 服務時間：週一至週五09:30-12:00 ｜ 13:30-17:00 劃撥帳號：19863813　戶名：書虫股份有限公司 讀者服務信箱：service@readingclub.com.tw
香港發行所	城邦（香港）出版集團有限公司 地址：香港九龍土瓜灣土瓜灣道86號順聯工業大廈6樓A室 電話：+852-2508-6231　傳真：+852-2578-9337
馬新發行所	城邦（馬新）出版集團【Cite(M) Sdn. Bhd. (458372U)】 地址：41, Jalan Radin Anum, Bandar Baru Seri Petaling, 57000 Kuala Lumpur, Malaysia. 電話：+6(03)-9056-3833　傳真：+6(03)-9057-6622 讀者服務信箱：service@cite.my
麥田部落格	http:// ryefield.pixnet.net
排版	極翔企業有限公司
印刷	中原造像股份有限公司
三版	2016年4月
三版七刷	2024年6月
定價	260元
ISBN	978-986-344-339-1

國家圖書館出版品預行編目（CIP）資料

第五號屠宰場 / 馮內果（Kurt Vonnegut）原著；陳榮彬譯. -- 三版.
-- 臺北市：麥田出版：家庭傳媒城邦分公司發行, 2016.04
面；　公分. --（Great；32）
譯自：Slaughterhouse-five
ISBN 978-986-344-339-1（平裝）

874.57　　105004375

城邦讀書花園
www.cite.com.tw

Printed in Taiwan.
本書若有缺頁、破損、裝訂錯誤，請寄回更換。